KB045983

소환마법을 부여마법과
나는 이세계에서 저울질한다

6

요코츠카 츠카사 지음
마냐코 일러스트
신동민 옮김

중등부 3학년
시모조노 아리스

고등부 1학년
카야 카즈히사

"다행이야!
무사히
돌아왔구나!"

세계수의 주민
루시아

세계수의 무녀
린

"넌 내 **동료**야.

우리 **동료**야."

나는 이세계에서 부여마법과 소환마법을 저울질한다
6

요코츠카 츠카사 지음 | **마냐코** 일러스트 | **신동민** 옮김

contents

제125화 세계가 끝나는 날

나는 동료와 함께 무수한 오크와 싸우고 있었다.

아무리 사역마를 소환해도 적의 수에 압도당했다.

밀어닥치는 몬스터에게서 필사적으로 몸을 피했다.

이건 꿈이다. 나는 현실도피라도 하듯이 마음 한구석으로 그렇게 생각했다.

다음 순간, 녹슨 검이 내 왼쪽 어깨를 베었다.

나는 비명을 지르며 비틀거렸다.

"카즈 선배!"

곁에서 싸우던 아리스가 비명을 지르고, 지원하러 달려왔다.

하지만 그녀는 어깨를 누르며 고통에 신음하는 나를 보고 경악했다.

"카, 카즈 선배……."

내가 사랑하는 소녀는 헐떡이는 듯한 목소리를 냈다.

대체 무슨 일이야. 움직임을 멈추면 위험하잖아. 아직 적이 있어.

아리스의 시선은 내 왼쪽 어깨에 고정돼 있었다.

어깨의 상처를 보고 있었다. 뭐지, 하고 나는 내 왼쪽 어깨를 들여다보고…….

상처 자리가 새파랗게 물들어 있는 것을 깨달았다.

그렇다, 파랗다.

내 피는 파랬다.

"어째, 서."

멍하니 중얼거렸다.

우두커니 서 있는 나의 뒤에서 루시아가 "그렇군" 하고 냉
정하게 중얼거렸다.

"랭크 9가 됐기 때문이겠죠."

담담하게 그리 말했다.

"그게 무슨 소리야."

"랭크 9란 이미 하나의 영역을 넘은 존재. 이 세계에서 이
미 비할 데 없는 존재. 따라서…… 당신은 몬스터가 된 겁
니다."

뒤를 돌아봤다. 타마키가 서 있었다.

상처투성이인 그녀 역시 푸른 피를 흘리고 있었다.

"곤란하네."

타마키는 곤란한 듯이 웃었다.

"카즈 선배, 내 피도 파래."

그러냐, 하고 나는 고개를 끄덕였다. 왠지 몸이 무겁다.

"타마키, 너도 검술이 랭크 9가 됐으니 말이야."

"그런 것 같아. 하지만 어쩔 수 없지 뭐."

"네, 어쩔 수 없는 일이에요."

루시아는 나이프를 꺼내 자신의 팔을 쨌다. 푸른 피가 흘
렀다.

"이로써 똑같네요."

"루시아, 너는."

"사실 저는 도플갱어였습니다."

그래서, 하고 루시아는 무표정하게 나를 봤다.

"잘 웃지 못하는 겁니다."

그랬던 건가, 하고 나는 수긍했다. 그렇다면 어쩔 수 없지. 지금까지 겪은 이런저런 일들을 갑자기 전부 납득할 수 있을 것 같은 기분이 들었다.

"그럼, 미아 너도……."

"응."

미아 역시 자신의 팔을 째서 푸른 피를 흘리는 모습을 보였다.

"그다지 표정이 없는 건 내가 몬스터였기 때문이었어."

"오타쿠 지식은?"

"몬스터라도, 애니메이션 정도는 보는데?"

아, 그래? 나는 고개를 갸웃거리고 아리스 쪽으로 다시 몸을 돌렸다.

"아리스, 너는……."

"저, 저기, 카즈 선배! 저도 얼른 랭크 9가 될게요! 푸른 피가 될게요! 그러니까 기다려 주세요!"

아리스는 당황한 기색으로 창을 마구 휘둘러 주위의 오크들을 쓰러뜨렸다.

필사적으로 싸웠다.

그런 모습을 보고 우리는 웃었다.

아아, 그건 그렇고 몸이 무거워. 몬스터의 몸이라는 건 이렇게나…….

◆ ◆ ◆

몸이 무겁다. 왠지 숨 막힐 듯 덥다.

잠에서 깼다.

아아…… 역시 꿈, 이구나. 왠지 지독한 악몽이었어.

그보다 몬스터가 왜 애니메이션을 보는 거야. 전혀 의미를 모르겠잖아, 적당히 좀 해 미아!

꿈속의 그녀에게 태클을 걸어 봐야 소용없나.

그건 그렇고 역시 아직 몸이 무겁다. 머릿속이 멍한 와중에도 이건 위험하다고 생각했다.

몸 상태가 좋지 않은 건 곤란하다. 오늘은 우리 모두의 운명을 결정하는 날이다. 학교 사람들을, 대륙을, 이 세계 전체를 건 결전이 벌어진다.

한편, 우리 다섯 명은 학교 산에 떨어지고 말았다.

린 씨 일행의 주력과 합류할 수단도 없다.

산은 부유 요새와 귀장 자가라지나가 이끄는 오우거 부대에 점거됐다.

부유 요새의 전력과 정면으로 싸워도 승산은 희박하다. 그런 상황에서 지휘를 맡은 나의 몸 상태가 나빠진 것은 최악이다.

이래서는 발목을 잡을 뿐이다. 모두에게 면목이 없다.

조심스레 실눈을 떴다.

바로 앞에 미아의 얼굴이 있었다.

내 위에 미아가 올라타서 자고 있었다.

"네가 초중력의 원인이냐!"

시트에 둘러싸인 미아의 몸을 굴리고 일어났다.

자그마한 소녀는 익숙한 개구리 같은 소리를 냈다.

좌우를 보니 방에는 나와 미아 둘뿐이었다. 쇠창살 달린 창문으로 아침 해가 들어오고 있으니 이미 다들 일어났을 것이다.

미아는 "으음" 하고 졸린 목소리를 내고 내게 다시 달라붙었다. 뺨을 내 가슴에 부비기 시작했다.

"너 일어났잖아."

"들켰네."

미아는 얼굴을 들고 희미하게 입가를 끌어올렸다. 양손을 뻗어 내 목에 달라붙었다. 밀착했지만 체조복 너머의 가슴은 서글플 만큼 평탄했다.

"이상하네…… 카즈치의 욕정이 생기지 않아."

"아침 댓바람부터 무슨 소리를 하는 거야."

"어젯밤에는 아리스 찡이랑 즐겼지?"

나는 노골적으로 혀를 찼다.

"음. 학급의 선도위원으로서 용납할 수 없어."

"언제부터 네가 선도위원이 된 거야."

"진짜 1학기 초부터."

누구야, 이런 걸 선도위원으로 삼은 건.

아니 뭐, 이런 건 서로 떠넘겼겠지. 그야 그녀에게 선도위원을 떠넘긴 사람들은 이미 다 죽었겠지만.

"입후보했어."

"무슨 꿍꿍이로?"

"소지품 검사 정보 같은 게 흘러들어오니까."

하하하, 이 자식.

평소부터 얼마나 상식에 어긋나는 걸 학교에 가져온 거야.

"음. 진지하게 얘기하는데, 여기서 날 안아 주지 않을래?"

"아니 좀."

"내일 아침 해를 볼 수 있을지 없을지 모르잖아?"

미아는 내 목덜미에 손을 두른 채 무표정하게 올려다봤다.

소녀의 몸이 떨리고 있었다.

미아, 너는…….

가느다란 소녀의 팔에 힘이 약간 실렸다. 그녀의 두려움이 전해져 왔다.

아아, 그야 그렇다.

이런 궁지에 몰린 상황, 미아 역시 무섭지 않을 리가 없다. 그 정도는 이해해야 했다.

"괜찮아."

나는 미아의 머리를 살며시 쓰다듬으며 웃음을 지어 보였다.

최대한 자신 있어 보이게. 불안이든 뭐든 날려 버리겠다는 듯이.

"나는 죽을 생각 없어. 너를 죽게 할 생각도 없어."

"정말로…… 이길 수 있다고 생각해?"

"생각해. 그러니까 미아, 너도 이길 수 있다고 생각해. 이길 생각으로 따라와."

미아는 나를 빤히 바라본 끝에…….

"응. 알았어."

자그마한 소녀는 결심한 듯이 고개를 끄덕였다.

조금 안심했다. 그녀가 부정적인 채로 있으면 싸움에 지장이 생기고, 무엇보다…….

"그럼 약속. 이기면 오늘 밤, 나랑 둘만의 시간 만들어 줘."

"아."

"……싫어?"

나는 천장을 올려다봤다.

"이건 상. 내가 힘내기 위한 기운이 필요해."

"알았어. 약속할게. ……그러니까 부정적인 생각은 관둬."

부드러운 머리를 천천히 쓰다듬었다.

미아는 눈을 가늘게 뜨고 "응" 하고 고개를 끄덕였다.

◆ ◆ ◆

그러면, 하고 나는 나이프를 준비했다. 손등을 한 꺼풀 살짝 베어봤다.

붉은 피가 났다.

"아아, 다행이다."

굉장히 안도하는 나를 보고 미아가 고개를 갸웃거렸다.

"계약 의식이 남은 거야?"

"신경 쓰지 마, 별거 아냐."

미아는 수상하다는 듯이 아직도 나를 올려다보고 있다.

"아니, 정말 별일 아냐."

꿈을 좀 꿨을 뿐이고, 게다가 너무 무거워서 잠에서 깰 때 기분이 최악이었을 뿐……

역시 미아가 잘못한 거잖아!

"어, 카즈치 왜 날 노려봐?"

미아가 조금 당황한 기색을 보였다. 이런 그녀는 좀 보기 드물다.

계단을 올라오는 발소리가 들렸다.

문이 힘차게 열렸다. 타마키가 기운차게 뛰어 들어왔다.

"카즈 선배 안녕! 배고프니까 슬슬 연회 꺼내 줘! 어라? 나이프 들고 뭐 해?"

"아, 타마키. 하고 싶은 게 좀 있어서."

"어, 뭐야. 카즈 선배 눈이 이상한데! 왜 나이프를 들고 다가오는 거야! 조, 좀 무서워."

타마키가 주춤주춤 뒷걸음질 쳤다.

나는 번뜩 제정신으로 돌아왔다.

"아, 아냐. 내 피가 좀, 빨갛길래."
"어, 아, 응. 그러네. 피는 빨갛지."
"카즈치…… 잠꼬대해?"
어째선지 미아의 시선이 차갑다.

제126화 부유 요새 정찰

이 이세계로 날아오고 나흘째 아침이 밝았다.

서몬 피스트에 의한 연회 요리가 은신처 1층 테이블에 차려졌다.

이 마법으로 출현시킬 수 있는 요리는 레퍼토리 몇 개 중 조합해서 선택할 수 있었다. 산나물이 많거나 해산물이 많거나 고기 요리 중심이거나 야채만 있거나 과자만 있거나 다양하다.

어느 것을 꺼낼지 모두에게 물어보자 루시아가 "과자"라고 말을 꺼냈다.

정중하게 무시하고 오늘 아침에는 해산물 계열로 공략하기로 했다.

회 같은 날생선 요리는 없다. 생선은 찌거나 구운 것이 중심이고, 조개나 바닷말이 풍부하게 들어가 있었다.

향신료가 든 덕분인지 먹기 시작하자 손이 멈추지 않을 만큼 맛있었다.

아침으로 배를 든든하게 채운 후 출발 준비를 시작했다.

그렇다 해도 이 은신처는 내버려 둬도 되고, 들고 온 짐도 거의 없다. 그렇기에 준비란, 어디로 움직일지 방침을 결정한다는 뜻이다.

"우선 정보가 필요해."

나는 평소처럼 까마귀를 소환해 리모트 뷰잉으로 사역마

의 시야를 확보했다.

사역마인 까마귀가 아침놀 하늘로 날아올랐다.

내가 정찰을 하는 동안 소녀들은 잡담에 빠져 있었다. 아리스가 어젯밤 일로 궁지에 몰렸다.

"응. 그래서 카즈치의 태도는 어땠어? 적극적인 느낌? 아니면⋯⋯."

"아, 아니, 그런 거 아니야! 나, 나는 딱히 아무것도⋯⋯."

아리스는 필사적으로 얼버무리려고 했다. 흥분한 목소리로 단연코 거부의 자세를 관철했다.

그러나 그녀는 아주 솔직한 성격이었다.

그리고 미아는 노회한 화술의 소유주였다.

급조한 성채가 교묘한 공격에 무너져갔다.

역시 아리스한테 비밀은 무리인가⋯⋯.

타마키가 "하지만 다행이야. 아리스가 맺어져서"라고 말했다.

네가 무슨 시어머니냐.

아니, 타마키는 진심으로 아리스와 나의 행복을 바라고 있다. 그 김에 자신도 행복해질 수 있다면 좋겠다고 생각하고 있는 것도 물론 알고 있지만.

"응. 카즈치, 아리스 찡은 그렇다는데 실제로는 어땠어?"

"저, 있잖아 카즈 선배. 나도 저기, 다음 기회에는⋯⋯."

나는 '임무에 집중하기 위해' 양손으로 귀를 막았다.

◆ ◆ ◆

　숲의 상공을 나는 까마귀의 시야 속에서 산의 앞쪽, 즉 학교가 점점 커졌다.

　무참하게 무너진 교사. 그 주위를 거리낌 없는 얼굴로 배회하는 몬스터들의 모습.

　오우거가 많지만, 여기저기 오크도 보였다.

　커다란 벌은 찾을 수 없었다. 이른 아침이니 숲 어딘가에 숨어 있을지도 모른다.

　부유 요새는 중등부의 50m 정도 상공에 정지해 있었다.

　부유 요새가 산에 모습을 드러냈을 때 육예관 부근에 50명이나 있었으니까 그게 우리의 본부라고 생각해 아직도 경계하고 있는 건가. 그렇다면…….

　나는 문득 깨달았다.

　"어쩌면 도플갱어는 오우거들과 합류 안 한 건가? 오우거들에게 우리 정보는 전해지지 않았을 수도 있나?"

　이 점은 아주 중요한 부분이다.

　도플갱어들은 오우거와 합류하기 위해 모두에게서 이탈한 게 아니었나. 그 목적을 완수하기 전에 미아와 타마키가 그들을 발견했고.

　미아와 타마키는 도플갱어가 변장한 학생에게 "지금부터 우리는 워프로 빛의 백성이라는 현지인의 거처로 도망친다"고 전했다고 한다.

도플갱어로서는 그 정보를 보다 중요하다고 인식했던 거 겠지. 그래서 아군인 오우거들에게 자신이 가진 정보를 전달하기보다 녀석들의 일부를 세계수로 잠입시키고 전이 장치를 파괴해 우리를 고립시키는 쪽을 우선했다…….

아니, 그렇게 단정하는 건 경솔한 생각인가.

"다들 어떻게 생각해?"

끝없이 계속되는 음담패설을 그만두게 하고자 모두의 의견을 물었다.

일련의 대화에 무관심하게 있던 루시아가 "일리는 있지만 우리의 정보가 전혀 전해지지 않았다고 생각하는 것은 지나치게 낙관적이지 않을까요?"라고 말했다.

"응. 어제 시바로 변장해 생존자를 선동했던 도플갱어가 있었을 거야. 우리가 쓰러뜨린 도플갱어가 시바로 변장했을 가능성도 있지만."

도플갱어의 확실한 능력은 판명되지 않았었다.

그 존재가 판명된 것은 어제 저녁. 전투를 벌인 것도 고작 한 번뿐이다.

그들은 자유자재로 모습을 바꿀 수 있는 걸까. 그렇다면 그 본래 모습은 어떤 것일까.

이 몬스터에게는 의문점이 많다. 도플갱어라는 명칭 역시 아차 하는 순간에 미아가 붙인 것이다. 우리가 아는 그것과는 본질이 전혀 다를 가능성도 있다.

"어떤 유명 RPG에서도 야마타노오로치나 보스 트롤이

왕이나 여왕으로 변신했었어."

미아가 말했다. 그렇군, 보스 오우거 같은 마법사 계열의 변종이 있을 가능성이 있나. 라의 거울(드래곤 퀘스트 시리즈에 등장하는, 위장한 상대의 원래 모습을 비추는 거울. 위의 몬스터 예시도 모두 드래곤 퀘스트) 같은 걸 어디에서 입수할 수 없을까.

아니, 드래곤 퀘스트 얘기는 그만 하자.

사역마인 까마귀가 활공하며 이곳저곳을 둘러봤다. 살아남은 고등부 남학생의 모습은 발견할 수 없었다. 아직 이른 아침이니까 어딘가에서 자고 있을지도 모르지만 말이다.

하지만 어제 그만한 수의 오우거가 내려왔으니…….

평범하게 생각하면 전멸했겠지.

꼴좋다고까지는 생각하지 않지만 그들의 경우에는 완전히 자업자득이어서 조금도 동정할 수 없었다.

까마귀는 지상을 대강 둘러본 후 날개를 퍼덕여 상승했다.

부유 요새로. 이 적 거점의 정찰이야말로 이번 정찰의 최우선 사항이다. 단숨에 고도를 상승시켜 일단 부유 요새의 상공으로 나왔다.

섬의 모습을 한눈에 바라볼 수 있었다. 녹음 풍부한 활엽수림이 펼쳐져 있었다. 나무들의 간격이 빽빽하고 포개진 수관에 가려져 지면 부근의 상황을 좀처럼 알 수 없었다.

그래도 숲 이곳저곳을 돌아다니는 오우거의 모습은 발견할 수 있었다.

보초인지 섬의 숲에서 바깥을 향해 서 있는 오우거의 모습도 있었다.

가능하면 이 정찰로 자가라지나의 모습까지 발견하면 좋겠는데.

역시 보스의 모습까지는 그리 쉽게 볼 수 없나.

섬의 어딘가에 성이라도 있으면 들어가라고 명령은 해놓았지만, 유감스럽게도 언뜻 봐서 알 만한 성이나 성채 같은 장소는 없었다.

머무르는 성이 있다 해도 숨겨져 있는 걸까.

혹은 애초에 성 같은 것에 가치를 두지 않는 걸까.

몬스터가 권세를 자랑하기 위한 호화로운 거성을 지을 이유는 없을 것 같기도 한데.

애초에 몬스터는 소환된 사역마와 비슷한 무언가.

그리고 자가라지나는 마왕과 전종 계약 같은 뭔가를 맺은 존재 같다.

추측뿐이다. 모르는 게 너무 많다.

일단 모른다는 것을 알았다는 것도 정보 중 하나다.

지금은 이쯤에서 만족하기로 하자.

그런데 뭐랄까. 아까부터 그렇게 생각 안 하려고 했는데.

숲속을 육중하게 걷고 있는, 코끼리보다 더 큰 저 생물은 뭘까.

공룡. 내 머릿속을 스친 것은 그런 단어였다.

파충류 같은 비늘이 온몸을 뒤덮고 사족 보행을 하는 거대 생물이다. 전체 길이는 10m를 넘을 것이다. 기린처럼 높은 목이 나무 틈에서 때때로 불쑥 튀어나왔다. 두 눈이 붉고 형형하게 빛나고 있으니 몬스터인 건 틀림없다.

그런 녀석이 적어도 두 마리가 숲속을 거리낌 없는 얼굴로 걸어 다니고 있었다.

이 녀석이 뭔지 나중에 루시아에게 물어보자.

까마귀는 크게 선회해 부유 요새에서 떨어지기 위해 산쪽으로 방향을 돌렸고.

멀리서 이 산으로 다가오는 새가 있다는 것을 나는 알아차렸다.

매였다. 그 매는 아주 자연스럽게 까마귀 쪽을 봤다. 그 눈동자 안쪽을 들여다보니…… 아아, 그렇구나.

이건 린 씨의 사역마다. 린 씨가 새로 보낸 구조선이다.

다행이다. 나머지는 저 매를 잘 유도해서…….

그렇게 안도의 숨을 내쉰 그 순간.

밑에서 쏘아진 한 줄기 광선이 매를 꿰뚫었다.

"어……?"

다음 순간, 시야가 크게 흔들렸다. 까마귀가 떨어졌다.

그 시야 끝으로 오우거 한 마리가 손가락을 상공으로 치켜들고 있는 모습이 보였다.

오우거의 피부는 거무칙칙하게 물들어 있었다. 뿔이 하나 돋아 있고, 키는 다른 놈들과 다르지 않은 3m 정도인가. 하지만 그 온몸에서 발산되는 위압감은 원격으로 보고 있는 내가 몸을 떨 정도였다.

거리가 너무 멀어서 표정까지는 확인할 수 없었다.

그래도 이해할 수 있는 게 있었다.

힘의 차원이 다르다.

왠지 만화 같은 표현이 되지만, 그 오우거를 휘감은 오라가 눈에 보일 듯한 기분이 들었다. 그만큼 분위기의 질이 다르다고 할까…….

아무튼 그 녀석은 위험한 존재다. 심상치 않게 위험한 존재다.

틀렸다. 이 녀석이 있는 한 린 씨의 사역마가 몇 마리 와도 산에는 접근할 수 없다.

까마귀가 지면에 떨어지기 전에 나는 링크를 끊었다. 거친 숨을 내쉬며 바닥에 쓰러졌다.

"카즈 선배!"

아리스가 황급히 달려와 내 몸을 부축했다.

"괜찮아. 조금 놀랐을 뿐이야."

타마키가 컵에 물을 따라 가져와 줬다. 나는 그것을 단숨에 마시고 입가를 닦았다. 걱정스러워하는 모두를 바라보고 고개를 끄덕였다.

"자가라지나가 있었어."

단적으로 사실만을 전했다.

제127화 환랑왕 샤 라우

학교 부지의 상황, 부유 요새, 린 씨의 매, 그리고 귀장 자가라지나.

내가 관찰한 것을 모두에게 전했다.

매와 까마귀는 모두 칠흑의 오우거에게 죽었다. 그 녀석을 어떻게 하지 않는 한 린 씨의 사역마는 우리에게 닿을 수 없다.

"린 씨의 매와 카즈 선배의 까마귀가 사역마라는 걸 들킨 건가요?"

아리스가 귀엽게 고개를 갸웃거렸다.

"으음, 글쎄. 그럴 가능성도 있다고 생각하는 편이 나으려나."

어쩌면 장난으로 새를 쐈을 뿐이라는 경우도 있다.

아니, 없나. 연속으로 사역마 두 마리가 격추당했다. 적어도 뭔가 위화감을 느끼고 한 행동이겠지.

적이 우수하고 유능하다는 전제로 움직여야 한다.

만일 아니었대도 그저 기우로 끝날 테니까.

"린은 분명 다시 사역마를 보내 줄 겁니다. 아마 다른 지점으로 향했던 매를 이쪽으로 돌리겠죠."

루시아가 말했다. 늘 지나치게 무표정하고 지금도 마찬가지였는데, 왠지 약간 자신이 있다고 할까 자랑스러워하는 것처럼 보였다.

린 씨와 루시아. 두 사람 사이에는 강한 유대가 있는 듯했다.

"응. 그럼 문제는 아직도 산으로 정찰을 날리는 전력이 있단 걸 적이 알아차리는 거야."

"그렇지. 하지만 해야 할 일은 달라지지 않아. 게릴라전이야."

"임기응변으로 움직이며 산 앞쪽으로 전개하는 오우거를 섬멸해 나가는 거군요."

루시아의 말에 나는 고개를 끄덕였다. 한곳에 진득이 머무는 거점 방어는 말도 안 된다. 전력적으로 열세인 것은 물론이지만, 그 이상으로 부유 요새의 요새포가 무섭다.

그레이터 닌자라면 요새포를 반사했을지도 모르지만, 내게는 그런 탁월한 감지 능력도 반사 신경도 없다.

아니, 보통 인간이 빔 포를 보고 나서 반응하는 건 무리다. 기껏해야 정신없이 움직여 맞지 않도록 기도하는 정도다.

계속해서 적을 끌고 움직이며 이쪽 페이스로 끌어들인다.

혹은 이쪽의 존재가 드러나지 않도록 계속 저격한다. 그것밖에 없다.

"그 후에 유키 선배가 남긴 메모의 정보가 맞는지 틀린지를 확인할 거야. 진위를 확인하고, 만약 그걸 쓸 수 있다면 쓰자. 틀렸다면 다시 하얀 방에서 협의해야지."

"그러네요. 이 시점에서 그 이상을 생각해도 소용없겠죠."

모두가 고개를 끄덕였다.

우리는 짐을 정리하고 하룻밤 묵은 아지트에서 나왔다.

고작 아침 해가 떴을 뿐이다. 초조해한들 별수 없다.

그리고 공룡을 닮았던 몬스터에 대해 루시아에게 물어봤는데…….

"드워그 아그나무일 겁니다. 신병급 몬스터로, 대지마법을 다룬다고 들었습니다."

그런 대답이 나왔다.

"자가라지나가 드워그 아그나무를 애완동물로 삼았다는 이야기는 처음 들었습니다만……."

그보다 신병급 몬스터를 애완동물로 삼다니, 얼마나 센 거야 이 오우거 보스는!

◆ ◆ ◆

이번에 내가 소환할 사역마는 두 마리.

인비저블 스카우트와 어젯밤 전종 계약을 마친 환랑왕 샤 라우다.

환랑왕 샤 라우의 소환은 랭크 9 사역마 급으로 취급된다. MP 소비는 81이다.

부름에 응하여 나타난 것은 평범한 그레이 울프보다 훨씬 더 큰…… 아니, 말보다 크고 은빛 털을 가진 늑대였다.

커다란 늑대의 푸르고 평온한 두 눈에 나는 빨려 들어가는 듯한 감각을 느꼈다.

『계약에 따라 찾아왔다. 주인이여, 무엇이든 명령을.』

샤 라우는 내 머릿속에 직접 목소리를 보냈다.

텔레파시 같은 것으로, 그의 특수한 힘 중 하나라고 한다.

어제도 이것으로 대화했다. 이 텔레파시는 아리스와 다른 애들에게도 들리는 듯했다.

"와아, 푹신푹신해!"

어제와 마찬가지로 미아가 오늘도 맨 처음 환랑왕에게 달려들었다. 위대한 늑대는 굳이 피하지 않고 그녀가 은빛 털을 만지도록 내버려 뒀다. 왕은 아랫사람에게 관대한 법이다.

"샤 라우. 물어볼 게 있는데, 네 등에 우리 다섯 명을 모두 태울 수 있어?"

『가능하다, 주인. 하지만 그대로 싸움을 할 경우에는 안장이 필요해지겠지.』

아, 그렇구나. 떨어지겠지.

애초에 우리 중에 승마 경험이 있는 사람은…….

"저는 안장이 없어도 말을 타고 전투를 하는 훈련을 받았습니다."

루시아가 손을 들었다. 그녀는 신분이 신분이니만큼 그런 훈련도 받은 듯 하다.

하지만 루시아 한 명이 샤 라우 위에 타봐야 소용이 없다.

"이 옵션은 보류하자. 다들 도보로 가되, 일단 인비저블 스카우트를 먼저 보내 보고 조심하며 학교로 돌아가자."

맞닥뜨린 몬스터가 도망쳐 우리의 위치 정보가 적군에 알려지는 전개가 제일 곤란하다. 발견한 적은 반드시 죽인다는 마음가짐을 가지고 움직여야 한다.

그렇기 때문에 인비저블 스카우트가 열심히 해줘야 한다. 여기서는 MP 64를 소비할 가치가 있다고 판단했다.

모두에게 기본적인 부여마법을 걸고 출발했다.

환랑왕 샤 라우는 내 옆을 어슬렁어슬렁 걷고 있었다. 미아가 자꾸 샤 라우의 풍성한 털을 쓰다듬었다.

"타보고 싶어?"

"응. 하지만 지금은 됐어. 너무 놀면 안 돼."

"너는 상황 인식은 확실하구나."

"짜증 나는 캐릭터는 노리고 있지만 미움을 사는 건 사양이야."

"가끔 네가 하는 말을 잘 못 알아듣겠어……."

◆ ◆ ◆

그럼 환랑왕 샤 라우의 힘 말인데, 순수한 전투력으로는 랭크 7의 무기 스킬을 가진 사람과 거의 호각인 듯했다.

이건 어젯밤 실시한 아리스와의 모의전으로 판단한 것이니 거의 틀림없겠지.

다만 아리스는 교묘한 위치 선정으로 이 모의전에서 겨우 이기기는 했다.

이때 이긴 아리스는 나를 돌아보고 왠지 아주 기쁜 듯이 웃었다.

칭찬해 달라고 말하는 듯했다. 빛의 백성처럼 꼬리가 있다면 전력으로 붕붕 흔들지 않았을까 한다.

어느 쪽이 개인지 알 수 없어서 나는 무심코 웃고 말았다.

그랬더니 샤 라우가 『사랑하는 여자를 무시하는 태도는 그렇다고 생각한다』라고 타일렀다.

환랑왕, 제법이구나. 이 녀석은 분명 리얼충이야.

샤 라우의 능력은 백병전뿐만이 아니다. 그의 자기 신고에 따르면, 사역마가 되기 전의 그는 무려 칠천 종류나 되는 마법을 구사할 수 있었다고 한다.

다만 내게 소환된 지금은 더 한정적인 마법, 기껏해야 백 종류 정도밖에 쓰지 못한다고 하지만…….

그렇다, 소환마법이 랭크 9라도 샤 라우의 능력에는 제한이 추가된 것이다.

이 이상이 되려면 역시 강화 소환까지 얻는 수밖에 없는 건가. 그건 다음에 하얀 방에 있을 때 조사해 보고 싶은 부분이다.

백 종류라도 지나치게 많기 때문에 어떤 느낌의 계통이 특기인지 대강 가르쳐 달라고 했다.

그의 원래 특기인 육체 강화 계통과 환술 계통. 이것들은 지금도 실용 수준으로 사용할 수 있다고 한다. 특히 환술에는 우리가 스킬을 아무리 성장시키더라도 획득할 수 없는 마법이 몇 개나 있는 모양이다.

예를 들어 자신의 겉모습을 변화시키는 마법.

도플갱어의 경우는 육체 자체가 변화했지만, 샤 라우의 디스가이즈 이미지(disguise image)라는 마법에서는 실제 모습은 변화하지 않는다.

즉, 샤 라우의 모습을 귀여운 강아지로 보이게는 할 수 있지만, 실제로 만지면 거기에 있는 건 변함없이 커다란 늑대라는 뜻이다.

이전의 그는 도플갱어처럼 완전변신마법도 썼다고 한다.

그 밖에 편할 것 같은 것이라면, 숲속 한정 마법으로 숲을 미로처럼 바꿔서 들어오는 자를 혼란시키는 메이즈(maze)라는 마법도 있다.

으음, 이게 있었으면 어제 아라크네들과의 전투가 유리해졌을지도 모르는데.

자신의 환영을 생성해 분신을 만든 듯이 보이게 하는 새도 미러(shadow mirror)라는 마법도 있다. 자체적인 인비저빌리티 마법과 함께 쓰는 게 효과적이라고 한다.

그런 잔기술을 구사하면, 쓰기에 따라서 아리스 이상의 전과를 올릴 수도 있을 것이다.

번개 계열의 공격마법도 쓸 수 있다고 하지만, 스스로 육탄전을 하는 편이 강하다고 한다.

아리스의 또 한 가지 스킬인 치료마법도 약간은 사용할

수 있는 모양이다. 다만 이쪽은 전투 중에 부상을 완전히 낫게 하는 게 아니라 몇 분에 걸쳐 천천히 상처를 막는 타입이라나.

그런 정도라도 치료마법은 있으면 있을수록 좋다. 만에 하나 아리스와 루시아가 쓰러졌을 때의 보험도 되고 말이다.

생활 계열 마법이라고도 해야 할 편의 계열이 다수 존재하지만 그것들은 생략한다.

젖은 모피를 건조시키거나 달라붙는 진드기를 박멸하는 등 편리하다고 하지만 지금 우리에게는 도움이 되지 않으리라.

마법과는 별개로 그의 오감은 인간보다 훨씬 뛰어나다고 한다. 원래 늑대는 청각과 후각이 뛰어나다고 하지만 샤 라우는 이와 함께 초감각도 갖추고 있었다.

『초감각이란 이른바 마나의 흐름을 보는 눈이다. 마나의 흔들림을 인지해서 인비저빌리티 등으로 모습을 감추고 있는 자를 감지하는 것도 가능하다.』

레전드 아라크네가 인비저블 스카우트의 접근을 간파한 건 그런 이유인가. 새삼스레 적의 능력이 하나 판명됐다.

더 빨리 알고 싶었는데.

제128화 사역마라는 삶

"샤 라우. 너처럼 초감각을 가진 자는 꽤 많아?"

『무엇을 가지고 많고 적음을 판단하느냐에 달렸지만, 상위 생명체라면 오감 이외의 특수한 감지 수단을 가지고 있는 법이다. 그렇지 않으면 동격의 존재를 상대할 때 현저히 불리해지고 생존 경쟁에서 이겨내기가 곤란해지기 때문이다.』

아아, 그야 그런가. 그렇게 되면 우리 인간은 엄청 불리하겠어…….

현 상황에서 나는 시 인비저빌리티로 투명화를 간파할 수 있지만 다른 사람은 투명 간파 수단을 가지고 있지 않으니 말이다.

"그런 고도의 싸움에 적용되는 상식 같은 걸 더 많이 가르쳐 줘."

『지금의 내게는 들어갈 수 없는 영역의 이야기가 된다. 주인과 동료들이여, 당신들에게는 아직 그 영역에 발을 들일 정도의 힘이 없다.』

"하지만 그 준비는 해둬야지. 우리는 앞으로 철저히 강해지지 않으면 안 돼. 그러지 못하면 오늘을 살아남을 수 없어."

샤 라우는 천천히 걸으며 잠시 눈을 감더니 그저 『그런가』라고 말했다.

그는 우리가 상상도 하지 못했던 싸움 얘기를 해줬다.

적의 서치마법에 대응할 카운터마법의 상식.

치명적인 효과를 초래하는 즉사마법과 그것의 대책.

마비, 석화처럼 즉사에 필적하는 능력을 가진 몬스터에 대한 정보.

아주 도움이 되는 얘기였다. 그런 터무니없는 적은 만나고 싶지 않지만, 만나고 싶지 않다고 궁리하기를 그만두면 곤란하다.

『그나저나 인비저블 스카우트가 돌아온 듯하다.』

샤 라우가 아무렇지 않게 우리보다 훨씬 뛰어난 오감을 가진 것을 과시했다. 그가 말한 대로 그로부터 10초쯤 지나 우수한 정찰병에게서 보고가 들어왔다.

"적이야. 오우거가 셋, 오크가 일곱. 대단한 전력은 아니지만 반드시 전멸시키자."

◆ ◆ ◆

전투는 목적대로 진행됐다.

샤 라우가 일단 크게 돌아 몬스터 뒤로 돌아가서 선제공격을 가했다. 등 뒤에서 덤벼든 거대한 늑대에 적은 크게 당황했다.

.오크들은 놀라서 무기를 닥치는 대로 휘둘렀다. 오우거는 과감하게 반격했지만 혼란에 빠져서 제대로 싸우지 못했

다. 그동안 오크부터 앞서 도주하기 시작했다.

도망친 오크는 아리스와 타마키가 솜씨 좋게 해치워 갔
다. 두 사람이 놓친 오크를 미아와 루시아가 공격마법으로
처리했다.

샤 라우는 그동안 오우거들을 상대했다. 오우거보다 월등
한 체격으로 이 거인들을 압도했다. 기가 꺾인 오우거의 어
깨를 날카로운 송곳니로 물어뜯고, 목을 발톱으로 갈랐다.

오우거 세 마리 중 한 마리가 쓰러지자 아리스가 레벨업
했다.

◆ ◆ ◆

하얀 방에서 우리는 다시 작전을 확인했다. 그 후.

"카즈 씨."

루시아가 진지한 얼굴로 나를 응시했다.

"과자를 꺼내 주세요!"

무시무시한 그 모습에 나는 압도되고 말았다.

"아, 알았으니까 진정해……."

서몬 피스트를 다과회 버전으로 바꿔 사용했다.

테이블 가득 케이크나 쿠키 등이 차려진 상태로 연회 세
트가 소환됐다. 따라진 홍차가 부드러운 김을 내고 있었다.

루시아는 만족할 때까지 먹었다. 아리스와 타마키와 미아
도 함께 과자를 즐겼다.

나는 그런 광경을 보고 있는 것만으로 속이 쓰리는 듯했다. 아니, 아침을 먹은 지 얼마 안 됐잖아? 다들 어떻게 그렇게나 배에 들어가는 거야?

"하지만 카즈 선배. 이 방에서 아무리 먹어도 살이 안 찐다구요?

아리스가 진지한 얼굴로 그렇게 말했다.

"나는 아리스가 살쪄도 계속 사랑한다고 맹세할게."

"그런 걱정 안 해도 돼요!"

혼났다. 뭐 어때, 직성이 풀릴 때까지 먹어줘. 어차피 이 방에서는 MP도 실질적으로 무한하니까.

그녀들은 직성이 풀릴 때까지 먹었다. 미아와 타마키는 심지어 배를 누르고 신음하고 있었다.

"으, 으으. 괴로워."

"응. 더는 안 돼."

너희들, 기세만으로 배에 밀어 넣을 만큼 밀어 넣었잖아. 이건 분명 잘못된 하얀 방 사용법이다.

"그럼 아리스. 창술을 랭크 8로 올릴 거지?"

"네. 그러는 편이 도움이 될 거라고 생각해요."

실제로는 치료마법을 올려서 안전성을 높이고 싶은 마음도 있지만…….

그녀의 결의는 굳은 듯했다. 그렇다면 그 의지에 따르자.

적에게는 복수의 신병급이 있는 것 같으니 공격력은 넘치더라도 상관없다.

그리고 아리스는 전투 센스가 뛰어나다.

아리스 : 레벨 26 창술 7→8/치료마법 5 스킬 포인트 9→1

◆ ◆ ◆

하얀 방에서 돌아왔다. 직후, 살아남은 오우거가 도망치려 등을 돌린 찰나에 샤 라우가 달려들어 물어 넘어뜨려서 숨통을 끊었다. 이로써 적은 전멸이다.

전종 계약을 맺은 이 사역마는 첫 싸움에서 바로 그 훌륭한 능력을 보여줬다.

훌륭한 재능이시군요. 드래프트 1위 후보, 프로야구 열두 구단이 경합하겠어요.

이런 생각을 하고 있는데 우리 곁으로 돌아온 샤 라우가 미심쩍은 기색으로 코를 벌름거렸다.

『주인이여, 이상하다…….』

"응? 왜 그래?"

『그녀들이 한순간 배가 가득 찼다는 냄새를 내고 있는 것은 어째서인가.』

후각으로 그런 것까지 알 수 있는 거냐.

"하얀 방에서 일어난 사건은 이쪽 세계에서는 반영 안 될 텐데…… 이쪽으로 돌아온 순간에 머릿속이 아직 바뀌지 않은 건가."

아니, 지금까지는 한순간의 타이밍도 없이 하얀 방과 이쪽 세계의 왕래가 실시됐고, 뇌내 마약 같은 것도 거기에 준하는 것이라고 생각했는데……

조금 다른 건가. 이 부분의 사양을 잘 모르겠다.

『그 하얀 방이라는 곳은 기묘한 곳이군.』

샤 라우는 감탄한 기색으로 중얼거렸다.

『역시 예사롭지 않은 존재가 준비한 장소인 건가. 신경 쓰이는 곳이야.』

그건 나도 생각했다. 하얀 방이라는 곳을 만들고 우리에게 스킬이라는 것을 준 존재는 대체 무엇일까.

그 존재는 우리에게 무슨 일을 시키려는 걸까.

"샤 라우. 너는 세계가 종말을 맞이한다는 예언을 기다리고 있었다고 했지?"

『그렇다, 주인이여.』

그건 그가 나와 전종 계약을 맺었을 때의 일이다.

그는 나를 보고 이렇게 불려 나올 때를 기다리고 있었다고 했다.

길고 긴 세월을 사역마가 되어 계속 버틴 건 그저 이때를 위해서였다고.

『먼 옛날, 지금은 아무도 모르는 위대한 존재가 속삭였다. 나의 진정한 주인은 세계의 종말을 예언받았을 때 비로소 나타난다고.』

"그런 애매한 말에……"

『계속 갈증을 느끼고 있었다. 무언가를 계속 기다리고 있었다. 지금 그것이 채워졌다.』

어젯밤 우리는 그런 대화를 나눴다.

샤 라우에게 무언가를 속삭여 유도한 존재…….

신경 쓰인다. 아니, 기분이 나쁘다.

걱정된다.

이 세계에 오고 나서 우리는 누군가에게 인형처럼 실로 계속 조종당하고 있는 건 아닐까.

어딘가에서 누군가가 우리의 고전을 보며 웃고 있는 것은 아닐까.

그렇게 생각하면 견딜 수 없이 불쾌한 기분이 든다.

『그렇게 깊이 생각하지 않아도 될 일이다. 때가 오면 자연히 진실은 밝혀지겠지.』

그러기를 바란다.

◆ ◆ ◆

숲속을 나아갔다. 산 뒤편에서 학교가 있는 앞쪽으로.

다음에 만난 것은 오우거만 있는 집단이었다.

일반 오우거가 다섯 마리. 숫자가 한 부대의 절반인 건 나뉘어 정찰하고 있기 때문일까.

이 녀석들을 발견한 인비저블 스카우트에 의하면 주위에 다른 오우거는 없다고 한다.

가차 없이 습격하기로 했다.

이번에는 타마키와 아리스가 돌입하고 도망치는 적을 샤라우가 막았다. 루시아와 미아가 거기에 추가타를 가했다.

네 마리를 쓰러뜨렸을 때 내가 레벨업했다.

◆ ◆ ◆

하얀 방에 도착하고 바로.

그러고 보니, 하고 미아가 미아 벤더로 달려갔다.

"음. 역시. 진열이 늘어났어."

아, 벤더의 라인업 말하는 건가. 체크를 너무 안 했군.

우리는 다시 미아 벤더에서 파는 아이템을 하나하나 조사해봤다. 늘어난 아이템 중에 중요해 보이는 것이 하나 섞여 있었다.

스킬이다. 그 이름도 사역마 각성.

"이 특수 능력…… 노골적으로 전종 계약용인가."

"토큰 2000개. 마력 해방과 필요 숫자가 똑같아."

현재 우리가 가진 토큰은 1600개를 조금 넘는다.

아직 조금 부족하다고는 하나 오우거들을 쓰러뜨리면 구입은 충분히 시야에 들어올 것이다.

샤 라우는 지금의 내 소환으로는 능력이 제한된다고 했으니까.

Q&A를 해봤다.

대답은 아래대로였다.

• 사역마 각성은 사용해 사역마의 본래 힘을 끌어내는 특수 능력이다.

통상적인 소환 생물이나 전종 계약으로도 약한 사역마의 경우에는 의미가 없다는 뜻이다.

현재 능력이 현저하게 제한되어 있는 샤 라우에게 딱 맞는 능력이다.

• 사역마 각성을 사용하는 대가로 사역자는 사역마의 유지 MP를 임의의 배율로 상승시키는 것이 가능해지고, 유지 MP를 상승시키는 만큼 사역마의 능력은 본래의 것에 가까워진다.

지금 샤 라우는 MP 81로 불러내고 있는데, 추가로 81이나 162나 243을 소비함으로써 지금 이상의 능력을 끌어낼 수 있다는 건가.

MP 소비가 빡빡하겠군. 평소 이상의 힘을 끌어내는 거니까 어쩔 수 없지만.

• 사역마 각성을 사용한 경우의 유지 시간은 사용자의 레벨 당 10초.

이것 역시 빡빡한 시간제한이다. 나는 지금 막 레벨 31이 됐으니까 300초 동안, 즉 약 5분 동안 샤 라우의 각성 상태를 유지할 수 있다는 뜻이다.

・ 사역마 각성의 유지 시간이 끝난 후 각성한 사역마는 강제 송환된다.

오버 히트한 건가. 종합적으로 말해서 리스크가 엄청 높잖아, 이거.

"하지만 살 수 있게 되면 바로 사야 해."

미아가 딱 잘라 말했다. 평소답지 않게 기합이 들어가 있었다.

"괜찮겠어? 루시아도 가지고 있는 마력 해방을 네가 배우는 것도 방법이야."

"바람마법도 땅마법도 루시아의 불마법 정도의 화력이 없어. 적의 실력이 높아져 가는 이상 화력을 올리는 게 급선무야. 그러면 리미터 해제 쪽이 유망한 선택지고."

리미터 해제라고 하지 마.

아니, 하는 말은 일리가 있다고 할까, 확실히 그녀의 말대로이기는 하다.

어느 정도 향상될지에 따라 달렸지만, 우리의 결전 전력을 상승시킨다는 의미에서는 더없이 유망한 선택지일 것이다.

그렇게 되자 급히 토큰을 모을 필요가 있었다.

"유키 선배의 메모에 쓰인 토큰을 숨겨 놓은 장소란 곳에 가볼까."

그는 여차할 때를 위해 몬스터가 드롭하는 보석을 숨겼다고 했다.

설마하니 이런 사태에 빠지는 것까지 가정하지는 않았겠지…… 어쩌면 그는 고등부 생존자가 자신의 기치 아래 모이는 것을 처음부터 믿지 않았던 게 아닐까.

"오빠는 대부분의 사람을 안 믿어."

전에 미아는 아무렇지 않게 그리 말했다. 아마 그런 미아 자신도 그렇겠지.

나는…… 미아에게 신용받고 있을까.

지금까지 그녀의 태도를 보면 신용받고 있다고 생각해도 좋을 것 같은데…….

아아, 부정적이 된다. 이런 면이 내 단점이겠지.

고개를 흔들고 하얀 방을 나가기 위해 PC의 키를 두드렸다.

카즈히사 : 레벨 31 부여마법 5/소환마법 9 스킬 포인트 2

◆ ◆ ◆

원래 장소로 돌아온 후 남은 오우거 한 마리를 바로 정리했다.

보석을 회수. 세어보니 현재 가지고 있는 보석은 토큰으로 환산해 1636개였다.

앞으로 약 400개만 있으면 특수 능력 사역마 각성을 구입할 수 있을까…….

메모에 의하면 고등부 남동쪽, 아스팔트로 포장돼 대형 트럭도 지나다닐 수 있는 산길에서 표지를 표식 삼아 숲으로 조금 들어간 곳에 폐옥이 있다고 한다. 그 폐옥 지하가 닌자부의 비밀의 방이 되어 있다는 것이다.

일단 산을 내려가 동쪽으로 크게 돌아 폐옥으로 향했다.

도중에 조우전. 단독으로 방황하던 오크를 쓰러뜨리자 루시아가 레벨업했다.

스킬 포인트는 쌓아 두고 바로 원래 장소로 돌아왔다.

루시아 : 레벨 20 불마법 8 스킬 포인트 4

그 뒤로도 오우거 세 마리 부대와 두 번, 오우거 네 마리 부대와 한 번 조우했다. 도중에 타마키와 미아가 레벨업했다.

하얀 방에서 우리는 타마키가 가진 스킬 포인트의 용도에 대해 의논했다.

"역시 슬슬 스킬 포인트를 쓸까?"

현재 타마키의 스킬 포인트는 6점이다.

"타마키, 스킬 포인트의 용도는 네가 최종적으로 정해."

"어? 내가? 카즈 선배가 정해 줘. 난 카즈 선배가 가라고 하면 어떤 무서운 곳이라도 돌진해 보일게."

으으. 이 녀석, 귀여운 말을 하는구나.

그럼 죽으라고 하면 죽을 거야?

그렇게 물으면 즉시 "죽을게"라고 할 것 같은 얼굴을 하고 천진하게 웃었다.

할 수 없군. 나는 어깨를 으쓱거렸다.

"알았어, 타마키의 마음은 받아들일 테니까 어리석은 짓은 하지 마. 나를 감싸고 쓰러지는 일 같은 것도 금지니까."

어제 시점에서 Q&A를 한 결과 스킬의 조합에 따라 나타나는 파생 스킬은 모두 판명됐다.

검술과 운동 양쪽을 랭크 9로 한 경우, 자재 검술(自在劍術).

검술과 치료마법의 경우, 성검술.

정찰과 검술의 경우, 암살검.

이 정도가 실용적인 것이겠지. 참고로 검술과 물마법이라면 당연히 수검술(水劍術)이 된다.

물마법은 현재 우리 파티에서 아무도 취득하지 않은 유일한 마법 계통이다. 하지만 여러모로 의논한 끝에 당장은 필요 없다는 결론에 이르렀다.

우선 물속에서 싸울 예정이 없다.

만약 그런 특수한 장소에 가는 경우 다른 사람의 손을 빌리는 편이 현명하겠지. 당연히 그건 빛의 백성과 합류한 다음의 얘기가 되겠지만.

경우에 따라서는 루시아에게 물마법을 배우게 하는 방법도 있다.

루시아의 또 한 가지 스킬에 대해서도 고민하고 있지만, 그녀는 우선 불마법을 가장 빨리 랭크 9로 올려야 한다.

그리고 이대로 타마키의 육체 스킬을 올리는 경우 파생 스킬은 중검술이 된다.

아리스와 합쳐서 치료마법 사용자가 두 명 있는 건 확실히 매력적이다. 하지만 둘 다 전위일 필요는 없고, 만일의 경우를 생각해도 리스크가 그다지 분산되지 않는다.

남은 건 육체인가 운동인가. 중검술인가 자재 검술인가.

"응. 타마키 찡은 뇌가 근육이야."

미아는 내가 배려해서 하지 않았던 말을 가볍게 해버렸다.

"확실히 난 어려운 일보다 확 때리는 쪽이 특기일지도 몰라."

헤헤 웃는 타마키. 이 녀석은 역시 거물이야…….

응, 결정했다.

"타마키. 너는 육체 스킬을 올려서 중검술을 목표로 하자."

"응, 알았어! 맡겨줘!"

그리하여 타마키는 육체 스킬에 스킬 포인트를 썼다.

느닷없이 랭크 3이다.

미아는 가장 빨리 바람마법을 랭크 9로 올리기 위해 스킬 포인트를 그대로 뒀다.

　　타마키 : 레벨 26 검술 9/육체 1→3 스킬 포인트 6→1
　　미아 : 레벨 26 땅마법 4/바람마법 8 스킬 포인트 6

◆ ◆ ◆

　하얀 방에서 원래 장소로 돌아와 나머지 오우거들을 소탕했다.

　인비저블 스카우트의 안내를 따라 전진했다.

　산을 조금 내려가서 그런지 오우거의 모습이 확연히 줄었다. 대신에 잔챙이 오크가 한두 마리 있는 경우가 늘었다.

　이 부근을 어슬렁대는 오크는 탈주병이 아닐까.

　뭐, 탈주병이든 아니든 놓쳐서는 안 된다. 착실히 처리해 갔다.

　오크를 일곱 마리 정도 처리하자 돌기둥 앞까지 올 수 있었다.

　내가 두 번째 날 밤에 봤을 때와 마찬가지로 높이 2.5m 정도의 네모난 돌기둥이다. 눈높이에 뱀이 몇 마리나 꿈틀대는 듯한 기묘한 붉은 문양이 그려져 있었다.

　이 문양이 글자이고, 리드 랭귀지를 걸면 '좌표 고정, 공간 수사, 범위 한정'이라고 읽을 수 있다는 건 둘째 날 밤에 확인했다. 하지만 중요한, 왜 이런 게 존재하느냐를 따지면 무엇 하나 모른다는 것이 현재 상황이다.

"이게 어제 말씀하셨던……."

루시아는 말을 끊고 돌기둥을 빤히 응시했다. 붉은 문양을 만지며 눈을 감고 입속에서 뭔가를 중얼중얼 읊조렸다. 한숨을 내쉬며 눈을 뜨고 손을 뗐다.

"뭔가 알았어?"

"여기에 적혀 있는 술식이 지극히 옛날 것이라는 것만은 알았습니다."

"옛날?"

어떻게 된 거지. 그 말은 이걸 만든 존재의 힌트가 될 수 있는 건가?

"마나의 강한 활동을 고려했을 때 오래된 것, 신들의 시대의 유산…… 그런 것이라고 저는 생각합니다."

"신들의 시대…… 아아, 그렇구나. 오래됐다는 건 이 세계에서는 그런 뜻이구나."

우리의 상식으로 말하면 오래된 것은 대개 조악하고 약하고 쓸모없다는 이미지다.

석탄의 시대라든가 중세라든가, 더 올라가면 석기 시대라든가. 물론 기술이 전해지지 않는 경우도 있으니 모든 것이 시대에 뒤떨어지지는 않았겠지만.

하지만 이 세계에서는 아주 옛날에 신들이 있었고 더 강력한 마법이 있었다.

판타지의 감각은 성가시다고 할까, 신기하다고 할까……

그런 감각에 익숙해져야 하는 것도 큰일이군.

"샤 라우는 뭔가 알겠어?"

『이 부근에 오크가 모여 있었다는 것 말인데…… 이 돌기둥에서 발산되는 마나에 이끌려 다가오는 거겠지.』

"불빛에 모이는 나방 같은 느낌이야?"

환랑왕의 말에 미아가 적절하지만 쓸데없는 예를 들었다.

"오크는 마나를 감지할 수 있는 거야?"

『짐작이지만 무의식적인 거겠지. 어느 종의 몬스터는 자신의 근원인 마나의 힘에 때로 반사적인 대응을 한다.』

흘러나오는 마나는 맛있는 냄새라는 뜻인가.

샤 라우는 『존재의 격에 따라서 다르지만, 기본적으로 본능으로 움직이는 몬스터일수록 그런 반응을 한다』라고 답했다.

오크는 들짐승과 동격이라는 뜻인가? 오히려 짐승보다 바보 같았는데.

"루시아. 이걸 부수면 무슨 일이 생기는지 알아?"

"무엇 하나 안전을 보장할 수 없습니다."

"제어라든가 좀 더 조사해 보는 건……."

루시아는 고개를 저었다.

"린이라면 가능할지도 모릅니다."

"뭐, 지금은 조사에 시간을 쓰고 있을 수도 없나."

우리는 유키 선배의 은신처인 폐옥으로 향하기로 했다.

◆ ◆ ◆

그로부터 20분쯤 후. 오우거 세 마리와 오크 여덟 마리를 더 쓰러뜨린 뒤에 우리는 당장이라도 쓰러질 듯한 폐옥을 발견했다.

이게 닌자의 은신처인가…….

그 지하, 메모에 적힌 순서대로 함정을 해제한 끝에 작은 방이 나왔다.

빈틈없이 정리되고 습기도 거의 없는 지하실이다. 회중전 등으로 지하실을 비췄다.

작고 둥근 테이블 위에는 보석이 든 주머니와 함께 메모용지가 끼어 있었다. 메모에는 '만약 이것을 보는 게 카즈공이라면 미안해♡'라고 적혀 있었다.

미안해, 라니…… 뭐지? 나는 메모에서 고개를 들고 주위를 둘러봤다.

그리고 이해했다.

"아아…… 그런 거구나."

한숨을 내쉬고 고개를 저었다. 나도 모르게 쓴웃음을 지었다. 정말이지…… 이 사람한테는 못 당하겠네.

"저기…… 카즈 선배, 왜 그러세요?"

아리스가 이상하다는 듯이 물었다.

어리둥절해하는 것도 무리가 아니다. 하지만 이걸 어떻게 설명해야 할까…….

벽에 신사복이 걸려 있었다. 가발도 있었다. 그 밖에도 온 갖 변장 도구가 있었다.

"웬 변장 도구? 카즈치, 오빠가 이걸로 뭘 했었는지 알아?"

미아가 이상하다는 듯한 얼굴을 했다.

"응, 뭐 대강은."

"내가 오빠를 때려야 할 일이야?"

"글……쎄다. 뭐, 나중에 얘기하자. 하얀 방에서라도."

이걸 지금 여기서 얘기하기에는 너무 길다. 나는 어깨를 으쓱거리고 필요한 것만 작은 방에서 긁어모았다.

물론 테이블 위의 보석도. 전부 해서 토큰 500개분, 딱 맞았다.

제130화 일상의 그늘에서 벌어진 닌자의 전투

폐옥을 나와 인비저블 스카우트를 정찰 보냈다.

바로 오크 두 마리와 아처 오크 소부대를 발견했다.

그쪽으로 향해 섬멸했다.

아리스가 레벨업했다. 하얀 방으로.

◆ ◆ ◆

"그럼 카즈치. 알고 있는 걸 전부 털어놓지 않겠나."

미아가 가슴을 펴고 턱을 힘껏 치켜든 채 눈을 게슴츠레 뜨고 노려봤다.

응, 심문 놀이를 하고 싶었구나. 알겠습니다.

하지만 말이야…….

"내가 알아차린 건, 바로 네 오빠의 범죄적인 행동인데."

"죄송합니다. 건방지게 떠들었습니다."

초고속으로 절하는 미아.

"부디 발로 밟아 주십시오."

"타마키, 밟아."

"맡겨 줘, 카즈 선배!"

타마키가 신이 나 미아의 체육복 등에 신발 자국을 냈다.

어차피 이 방을 나가면 지워지니까 사양할 필요는 없겠지.

"자자, 미아. 어때, 기분 좋아?"

"아앗! 밟히니 기분 좋아."

"그런데, 카즈 선배. 뭘 알아내셨나요?"

타마키와 미아의 장난을 쓴웃음을 지으며 바라보면서 아리스가 물었다.

나는 아무것도 아닌 일이라는 듯이 가벼운 기색으로, 정말 평소 모습으로 웃었다.

"어디부터 설명해야 하나. 결론부터 말할게. 나는 아무래도 유키 선배한테 놀아나서 계속 그의 손바닥 위에 있었던 것 같아."

"저기…… 카즈 선배, 그건 무슨 말이에요?"

"요 한 달쯤이려나. 어쩌면 시바를 죽이겠다는 결심도 그 사람한테 유도당한 거였을지도 몰라."

바닥을 기어 다니던 미아가 "어?" 하고 고개를 들었다.

"지금까지 중요한 일이 아니라고 생각해서 가만히 있었는데, 시바에 대한 복수는 그 모든 걸 나 혼자 힘으로 한 게 아니야. 가끔 이 학교에 오던 영업사원에게 얘기해서…… 그 사람한테 지식을 좀 얻었어. 가솔린도 그에게 몰래 받았고. 그 사람의 협력이 없었으면 모든 걸 비밀리에 하지 못했을 거야."

지금까지 한 얘기의 흐름으로 적어도 미아와 아리스는 이야기의 전개를 이해한 듯했다.

타마키? 그야 그녀는 멍하니 있지만, 늘 있는 일이다.

루시아는 어쩔 수 없다. 어차피 영업사원이 뭔지도 모를 테니까.

"카즈 선배, 그럼 그 샐러리맨이…… 유키 선배였던 건가요?"

"그 지하실에 남성복이 있었잖아. 그거랑 가발, 그게 유키 선배의 변장 도구일 거야. 눈치챘는데, 어제도 그제도 난 그 사람의 맨얼굴을 못 봤어."

미아가 일어나 "아, 그렇구나" 하고 손뼉을 쳤다.

"왜 어제 만났을 때 얼굴가리개를 하고 있나 했더니."

얼굴가리개라고 하지 마.

음, 하지만 그렇다. 유키 선배는 나와 만나는 동안 계속 복면을 하고 있었다.

"처음에 만났을 때는 우연이었을지도 몰라. 그 뒤로는 변장했다 해도 역시 얼굴을 보면 들킬지도 모른다고 생각했겠지. 그래서 내 앞에서는 결코 맨얼굴을 드러내지 않았어."

"우와, 그 복면에 그런 이유가 있었구나. 역시 닌자야."

타마키가 감탄의 소리를 냈다. 뭐가 역시인지는 모르겠지만, 음, 알고 보니 단순한 것이었다.

"으으, 카즈치. 오빠가 폐를 끼쳤어."

"그건 아니야, 미아. 조금도 폐가 아니었어. 어차피 나는 시바를 죽일 각오를 할 필요가 있었어. 그러지 않으면 반대로 죽었을 거야. 결과적으로 그 준비 덕분에 레벨 1이 됐어. 돌고 돌아 지금이 있고."

그렇다, 유키 선배는 확실히 내 사고를 유도했다. 우연히 학교에 온 외부인으로 가장해 완전히 곤경에 처했던 나의 얘기를 들어주고, 조언과 도움을 살짝 줬다.

지금 와서 생각해 보면, 유키 선배는 시바가 아주 아주 방해됐을 것이다. 그로서는 만들어진 속 좁은 파벌을 부숴 버리고 싶었던 것이리라.

그러기 위해서 나를 이용했다. 그런 짓을 하면 내가 파멸될 것을 확신하면서도 바람을 불어넣었다.

지독한 짓이라고는 생각한다. 엄청나게 패륜적이고, 인도에서 벗어난 짓이다.

하지만 나는 어차피 그때 진퇴양난에 빠져 있었다.

나아가도 지옥 물러서도 지옥인 상황. 그때 유키 선배가 한 행동은 결과적으로 내게 큰 빚이 됐다.

그렇다면 상관없지 않나. 윈윈 관계였다. 다만 둔감한 내가 그것을 알아차리지 못했을 뿐이다.

"카즈치는 거물?"

"현실적일 뿐이야. 그러지 않으면 살아남지 못했어."

"응, 그렇지. 하지만 오빠가 한 짓은 너무 비인도적이야."

미아는 주먹을 꼭 쥐었다.

"다음에 만났을 때 때려 줄게."

"죽지 않을 정도로 해 줘."

"그러니까 카즈치. 얼른 이런 데 탈출해야 돼."

"그것도 물론이야. 구체적인 건 이제부터 의논하자."

우리는 닌자의 은신처에서 가지고 나온 여러 물건을 하얀 방 바닥에 늘어놓았다. 라이터, 성냥, 보존식 종류는 그렇다 치고, 어째서 이런 게 있나 싶은 것이 다수.

그중 하나인 점토 같은 것을 보고 루시아 외의 전원이 한숨을 내쉬었다.

이게 뭔지는 메모에 적혀 있었다. 취급 방법도 해설되어 있었다. 문외한이라도 간단! 이라는 서두로 시작되는 유키 선배의 설명문은 확실히 아주 알기 쉬웠다.

"C-4…… 플라스틱 폭탄……. 우리 오빠는 어디에서 이런 걸, 아니, 어떤 의도로 이런 걸……."

가장 공허한 눈을 하고 있는 것이 미아였다.

음, 어쩔 수 없지. 가족이 진짜배기 테러리스트 같은 장비를 갖추고 있었으니까.

나도 힘이 빠졌는걸.

유키 선배와 미아가 닮았다고 했는데, 그거 정정.

그는 어딘가가 결정적으로 이상하다.

"이 플라스틱 폭탄, 메모에 의하면 일단 연료로도 쓸 수 있다는데."

"응. 연료로 쓰기 위해 굳이 위법한 수단으로 이런 걸 손에 넣지 않아. 첫째로, 원격식 신관도 세트되어 있는 시점에서 폭발시킬 마음이 가득해."

"그렇겠지."

아직 어리둥절해하는 루시아에게 이게 무슨 물건인지 설명했다.

"지연성 불마법…… 즉, 익스플로전 박스네요."

"아, 응. 편리성은 좀 더 좋지만 위력은…… 어느 쪽이 나으려나."

"카즈치, 왜 내 쪽을 봐?"

"너라면 이거에 대해 더 구체적으로 알까 해서."

아쉽지만, 하고 자그마한 소녀는 고개를 저었다.

"고작 중1한테 어떤 군사 지식을 기대하는 거야?"

"이만큼 도색 지식이 가득한 중1도 드문데."

"사춘기니까."

그게 변명이냐.

"혹시 이거, 나한테 주기 위해 입수한 건가."

"그 가능성도 충분히 있어."

시바를 폭파한다. 그건 그것대로 매력적인 제안이었을지도 모른다.

더 이상 입수 경로에 대해서는 생각하지 않도록 하고…….

"지금 써먹을 용도는 떠오르지 않는데. 마법 쪽이 효율도 편리성도 우수하고."

"익스플로전 박스보다 응용성이 나으, 려나?"

"그렇네. 그 정도라고 생각해 둘까."

현대 병기도 지금의 우리에게는 어차피 그 정도 물건이다. 기관총이 있다 해도 마찬가지 반응이었겠지.

우리 외의 사람이 쓰면 또 얘기는 다르겠지만…….

"다음 문제는 이 USB 메모리인데……."

기밀이라는 스티커가 붙은 USB 메모리.

뭐가 문제냐면, 이 내용을 볼 방법이 없는 것이다. 이 방의 노트북은 구형인지 USB 슬롯이 없다.

"육예관이 폭파되어서 곤란하네요."

아리스가 한숨을 내쉬었다. 시키 일행이 세계수로 도망칠 때 노트북을 몇 대는 들고 갔을 텐데…….

어딘가에서 조달할 수밖에 없나.

"미아, 네 PC는?"

"내 노트북은 육예관에……."

그야 그렇겠지. 여자 기숙사에 남겨 둘 이유도 없고.

그 육예관은 요새포에 파괴되고 말았다. 분명 컴퓨터도 산산조각 났겠지.

"고등부 남자 기숙사나 여자 기숙사를 조사할까? 본교사 교장실에 오빠가 놓아 두었다면…….'"

"본교사, 폭파됐지……."

"으, 그랬지. 그럼 기숙사인가. 오우거들의 소굴이 되지 않았으면 좋겠는데."

"거의 가망 없지."

으으, 하고 미아가 신음했다.

"포기할까?"

"그것도 방법 중 하나이기는 한데."

굳이 유키 선배가 준비한 것이다. 우리에게 도움이 될 정보가 들어 있을 가능성은 나름대로 있었다.

"노트북, 이라는 것이 이 하얀 방에 있는 저것이라는 건 알았습니다만…… 저건 안 되나요?"

"저 PC는 확인해 봤지만 너무 오래돼서 USB 슬롯이 없었어."

"저기…… 맞는 열쇠가 없다는 건가요?"

뭐, 그런 느낌이다. 조금 고전하며 루시아에게 이미지를 전달했다.

"그렇다면 인비저블 스카우트를 이용해 정찰을 실시하는 건 어떠신가요?"

루시아는 그렇게 제안했다.

내가 시야를 공유하고 인비저블 스카우트가 부실 쪽을 확인해 보고, 일단 귀환해서 다음 구체적인 지시를 내는 식이려나.

노트북을 입수한다 해도 배터리가 방전되지 않았을까 하는 문제도 생긴다. 그쪽은 지하실 예비 전원을 쓰면 되려나.

대략적인 방침은 이쯤 할까. 남은 건…….

"응. 고등부 지하에 있다는 넓은 공간에 대해서."

어제 그녀가 오빠에게 받은 메모에 있던 얘기다.

메모에는 고등부 운동장, 어제 우리가 오우거 부대를 요격한 부근의 지하에 묘하게 넓은 공간이 있다는 것이 암시되어 있었다.

학생에게는 알려지지 않은 지하실. 유키 선배는 그곳을 조사해 보도록 지시를 내렸다. 입구에 대해서도 적혀 있었다.

"시간이 없어. 병행해 조사해야 돼. 나랑 아리스 찡이 갔다 올게."

"인비저빌리티로? 하지만 둘이서는 위험한 일이 일어났을 때⋯⋯."

"그래서 신중한 아리스 찡을 선택했어."

아아, 그렇구나, 과연.

타마키가 고개를 갸웃거리고 있었다. 아리스는 쓴웃음을 지었다.

"어, 하지만 내 쪽이 싸움이 일어나면 강한데? 치료마법이 그렇게 필요해?"

"타마키. 나는 너를 정말 좋아해."

"왓, 뭐야, 카즈 선배, 갑자기!"

타마키는 부끄러워했다. 나는 가만히 있을 수 없어서 그런 귀여운 그녀의 머리를 쓰다듬었다. 바보 소녀는 기쁜 듯이 웃었다.

"못 미덥지만 귀여워."

미아가 쓸데없는 말을 중얼거렸다.

아리스의 스킬 포인트는 쌓아두기로 하고 원래 장소로 돌아왔다.

아리스 : 레벨 27 창술 8/치료마법 5 스킬 포인트

제131화 운동장 아래

아리스, 미아와는 일시적으로 별도 행동을 하게 됐다.

나, 타마키, 루시아 팀은 폐옥으로 돌아왔다. 그곳이 가장 안전할 것 같았기 때문이다.

여기에서 늘 쓰던 사역마와 리모트 뷰잉에 의한 조합으로 정찰을 실시하기로 했다.

이 마법을 쓸 때 내 감각은 완전히 사역마의 것으로 바뀌어서 무방비해진다. 안전한 장소에서 하는 건 필수 조건이었다.

이번에 리모트 뷰잉 대상으로 삼는 건 평소의 까마귀가 아니라 인비저블 스카우트다.

환랑왕 샤 라우는 일단 송환했다. 집 안은 너무 좁고 바깥에서는 눈에 띄기 때문이다.

타마키와 루시아가 지켜보는 가운데 폐옥 1층 바닥에 앉아서 인비저블 스카우트에게 이런저런 지시를 내리고 보냈다.

투명한 몬스터가 폐옥에서 나가 숲속을 달려 나갔다.

고등부에는 지금 오우거의 모습도, 오크의 모습도 없었다.

철수한 걸까.

그럴지도 모른다. 여기에 생존자 학생은 없다는 것을 진작에 깨달았으리라. 그렇다면 불필요하게 병사를 둘 필요는 없다.

아니, 그렇게 보이지만 어딘가에 숨어서 우리가 경솔하게 다가오기를 기다리고 있을지도 모른다.

　미아와 아리스가 잘하고 있으면 좋겠는데…….

　투명 상태인 인비저블 스카우트는 우선 본교사에서 조금 떨어진 특별 교실동으로 가 깨진 창문으로 침입했다.

　내가 가르쳐 준 지도대로 복도를 걸어갔다.

　우선 전산실을 살폈다.

　아무것도 없었다. 역시 모두 사전에 들고 떠난 거겠지.

　유키 선배 그룹이 가지고 간 걸까, 그 전에 남자 기숙사 그룹이 가지고 간 걸까. 확실히는 모르지만, 그야 전원만 쓸 수 있으면 나름대로 이용 가치가 있는 것이니 말이다.

　인비저블 스카우트는 그 밖에도 유력할 듯한 장소를 들여다봤다.

　시청각실, 종합 학습실…….

　물론 그녀가 컴퓨터라는 개념을 알 리도 없기 때문에 천천히 시야를 움직이게 했을 뿐이다. 기재 더미나 선반 등이 있으면 그 안도 들여다보도록 지시를 내렸다.

　"어때, 카즈 선배?"

　"완전 틀렸어."

　할 수 없나, 하고 한숨을 쉬었다.

　아니, 아직 다른 동이 있다.

　인비저블 스카우트는 특별 교실동을 나와 조금 떨어진 제1 남자 기숙사에 잠입했다. 그저께까지는 여기를 시바 일행이 점거하고 있었다. 중요한 곳은 여기다.

결론부터 말하자면, 있었다.

기숙사의 한 방에 USB 포트가 있는 노트북이 존재했다.

아니, 내 방이었다. 왕따를 당했던 나는 내 PC를 누구도 알 수 없는 장소에 숨겨두고 있었던 것이다.

인비저블 스카우트는 선반 뒤에 있는 그것을 가만히 꺼냈다. 이거면 될까, 하고 고개를 갸웃거리는 모습이 조금 귀엽다.

그대로 들고 돌아오라고는 지시하지 않았다. 아마 배터리가 방전됐을 테고, 그러면 전원을 연결할 필요가 있기 때문이다.

폐옥 지하의 발전기를 쓴다 해도 케이블은 다른 장소에 숨겨져 있기에 이것의 회수는 필수 조건이다.

인비저블 스카우트는 건물 밖으로 나와 주위를 둘러봤다.

아무렇지 않게 머리 위를 올려다봤다.

"이건……."

나는 무심코 주먹을 쥐었다.

부유 요새에서 뭔가가 떨어져 내리고 있었다.

천천히, 나뭇잎처럼 춤추며 떨어지는 그것은 거리가 상당히 있었지만…….

왠지 아주 컸다.

설마, 라고 생각했다. 아니, 틀림없다.

부유 요새에서 본 공룡형 몬스터, 드워그 아그나무다.

나는 마른침을 삼켰다.

신병급 몬스터가 내려왔나…….

상당히 멀지만 저건 우리의 존재를 알아차리고 추격하기 위해 투입한 걸까? 아니, 단순히 식사 뒤의 적당한 운동을 위해 내려오는 걸지도 모르지만……. 그 왜, 개의 산책처럼.

좀 봐줬으면 하는데.

이, 일단 지금은 저 존재를 머리에서 지우자.

인비저블 스카우트의 주의가 다른 곳으로 향했다. 열 마리 이상 되는 오우거가 숲속을 정연하게 행군하고 있는 모습이 보인 것이다.

저쪽은 이쪽을 눈치채지 못했다. 물론 인비저블 스카우트는 투명하니까 당연하지만, 아무튼 메이지 오우거의 마법이 어느 정도인지 모른다.

마법사형 몬스터가 시 인비저빌리티를 가지고 있어도 이상하지 않다.

그래서 다시 지시를 했던 대로 인비저블 스카우트는 건물 그늘에 숨어 오우거 부대를 통과시켰다. 아아, 보고 있는 이쪽이 긴장돼…….

어떻게든 들키지 않은 듯하여 안도의 한숨을 내쉬었다.

"카즈 선배, 꽤 힘들어?"

어깨에 타마키의 손이 올라왔다.

두근대던 심장 고동이 조금 진정됐다. 그녀의 느긋한 목소리에는 치유된다.

"노트북은 찾았어. 미아가 돌아오면 다 같이 회수하러 가자."

"그렇구나, 다행이네!"

타마키의 웃음소리.

아니 정말로, 그녀가 웃는 것만으로 나는 냉정해질 수 있을 것 같은 기분이 든다.

◆ ◆ ◆

인비저블 스카우트가 귀환했다.

바로 미아와 아리스도 돌아왔다. 적과는 한 번도 싸우지 않은 듯했다. 다행스러운 일이다.

산 안쪽에서는 몰라도 고등부에 가까운 장소에서 전투 상황은 그다지 만들고 싶지 않다. 앞으로 활동에 영향이 생긴다.

그래도 어쩔 수 없는 경우에는 해치울 수밖에 없지만…….

최대한 경험치를 쌓아서 레벨업하고 싶은 마음도 있어서 이런 조정이 상당히 빡빡하다.

으음, 적 보스와 요새포의 존재만 없으면 날뛸 수 있는데 말이야.

그런데 아리스와 미아의 보고를 듣자니.

"확실히 고등부 운동장에는 지하가 있었어요. 지하실이라고 해야 할까요…… 커다란 홀이에요."

"셸터 같은 느낌이야. 다만 벽 전체에 글자가 적혀 있어. 우리는 읽을 수 없는 글자."

미아는 디지털카메라를 꺼내 화면을 보여줬다. 실력이 좋군.

디지털 카메라의 화면을 나는 집어삼킬 듯이 응시했다.

"좌표 고정, 공간 수사, 범위 한정……."

그건 아까 돌기둥에서 본 글자와 똑같았다.

아니, 거기에 단어가 또 하나 추가돼 있었다.

"상반 회로 설정?"

의미는 잘 모르겠다. 다만 그 네 종류의 단어가 끝없이 벽면에 반복되고 있다는 것만은 이해했다.

그 이상은 실제로 그 자리에 가보지 않으면 알 수 없겠지.

"이건 어떻게 된 거야."

"몰라."

미아는 어깨를 으쓱거렸다.

"대충 말 좀 해도 돼?"

"아, 응, 게임만 생각하는 네 머리에서 뭔가 떠오르는 게 있으면 부탁해."

어째선지 미아는 에헴, 하고 가슴을 폈다. 그렇구나, 게임만 생각하는 머리는 칭찬하는 말이었구나…….

"응. 예를 들어 이세계 전이의 원인은 일본 정부. 이세계 전이 장치를 학교 지하에 설치해 산 하나를 통째로 보냈어."

"뭐 때문에?"

"글쎄? 그러니까 진짜 대충하는 거야."

결국 그런 일을 할 동기가 안 보이잖아.

애초에 이세계의 정보가 있다 해도 보내는 건 군대겠지.

"아, 그렇지. 이세계 전이 실험의 영향은 아닐까?"

"그거 분명 지금 생각한 거지?"

"원래는 자위대를 전국 시대로 보낼 셈이었는데 잘못해서 우리 산이……."

"여러모로 무리가 있잖아."

"맞아. 자위대보다 요미우리 자이언츠를 보내는 게 강해."

무슨 소리를 하는지 모르겠지만 아마 애니메이션이나 게임 얘기겠지.

"지금까지 우리는 신 같은 뭔가에게 소환돼 이쪽으로 왔다고 생각했어. 그 외 가능성도 약간 부상. 거기에만 착안하자."

미아의 얘기는 두 가지로 집약된다.

지구상의 어떤 조직, 혹은 개인이 우리 산을 전이시킨 건가.

아니면 이쪽 세계의 누군가가 우리 산을 부른 건가.

어느 쪽이든 제멋대로라는 분노밖에 생기지 않았다.

우리는 이유조차 모르고 싸움의 소용돌이에 휘말렸다. 무엇을 어떻게 하면 좋을지 정답도 알지 못한 채 전투를 반복하고 있다.

정말 마왕군을 쓰러뜨리면 되는 건지조차 알지 못한다.

손으로 더듬으며 상황을 파악하는 상황 속, 지금 이런 브레인스토밍 같은 의견 교환은 아주 귀중했다. 무엇을 계기로 진실이 밝혀지게 될지 알 수 없기 때문이다.

"그런데 이 지하실 벽, 일반 콘크리트였어?"

"네, 맞아요. 저기…… 저는 그런 데 해박하지 않지만 그렇다고 생각해요."

아리스는 자신이 없어 보였지만, 그렇게 말하자면 우리 중 누구도 콘크리트의 상태에 대해 모른다.

유키 선배라면 그런 것도 알려나.

"그리고 대강 보기에 오빠 메모에 있던 물건이 옮겨져 있었어."

"그러냐……. 음, 어떻게 할까. 노트북과 지하실, 어느 쪽을 우선할까."

"먼저 노트북이 괜찮을 거 같아. 오빠의 USB 메모리가 신경 쓰여."

"그렇겠지."

이렇게 된 이상 유키 선배가 수수께끼의 어디까지 다가섰는지 알아둬야 할 것이다.

그 결과 무슨 일이 일어날까.

이러니저러니 해도 진실에서 시선을 돌린다는 선택지는 우리에게는 존재하지 않는다.

진실이 무엇이든 모든 것을 정면에서 받아들이는 것밖에 없다.

제132화 노트북을 손에 넣어라

우리 다섯 명은 인비저블 스카우트의 뒤를 따라 주의하면서 고등부로 향했다.

주의한다 해도 오우거 부대가 있으면 언제나 전력으로 속공을 가해 분쇄한다는 방침이었다.

적어도 적 전력을 줄인다는 방침과, 지나쳤을 때 선회한 적 부대에게 협공당할 위험 때문이다.

이쪽은 소수다. 늘 주도권을 가지고 싸울 필요가 있다.

인비저블 스카우트가 고등부 주변을 순회하는 부대를 둘 발견했다.

서로 제법 거리가 있으니 재빨리 쓰러뜨리면 다른 한 쪽이 눈치챌 우려는 없을 것이다.

그러니 양쪽 모두 섬멸한다.

도합 메이지 한 마리, 오우거 열한 마리, 오크 열세 마리, 자이언트 와스프 두 마리를 쓰러뜨렸다.

아까 레벨업한 아리스 이외의 전원이 1레벨씩 상승했다.

스킬 포인트는 그대로 뒀다. 그 김에 내가 미아 벤더에서 특수 능력을 하나 취득했다.

사역마 각성.

토큰 2000개를 사용해서 남은 건 441개.

품속이 상당히 허전해졌지만…… 이 새로운 능력에 기대하자.

"가능하면 이 비장의 카드를 실험해 보고 싶은데……."

"응. 이 하얀 방에 샤 라우를 못 부르는 게 너무 아쉬워."

미아의 말대로였다.

으음, 어째서 전종 계약을 맺은 사역마는 하얀 방에 부를 수 없는 걸까. 뭔가 특수한 제약이 존재하는 건가.

카즈히사 : 레벨 32 부여마법 5/소환마법 9 스킬 포인트 4
타마키 : 레벨 27 검술 9/육체 3 스킬 포인트 3
미아 : 레벨 27 땅마법 4/바람마법 8 스킬 포인트 8
루시아 : 레벨 21 불마법 8 스킬 포인트 6

◆ ◆ ◆

숲에서 나가기 전에 디플렉션 스펠+그레이터 인비저빌리티로 전원을 투명화했다.

본교사 주위에서 오크와 오우거 혼성 부대가 어슬렁대고 있었다.

아직 꽤나 거리가 있다.

"달려!"

신호에 투명해진 일동이 달려 나갔다.

사일런트 필드로 소리를 지워야 하지만, 그러면 나 외에 서로의 위치를 알 수 없게 되고 만약 교전 상태에 빠졌을 때, 서로를 공격하게 될 위험성이 존재한다.

아군 오사만큼은 피하고 싶었다. 육체적인 대미지보다 정신적으로 괴로워진다고 생각했기 때문이다.

그를 위해서라면 여기서 소리를 내는 정도의 부담은 허용한다.

단숨에 제1 남자 기숙사까지 도착했다.

다행히 오우거들에게는 들키지 않은 듯했다. 정확히 현관에 뛰어 들어간 타이밍에 투명화 상태가 풀렸다.

"인비저블 스카우트는 입구에서 보초를 부탁해. 다른 사람들은 따라와."

남자 기숙사 복도를 걸어갔다.

여기에 들어오는 건 며칠 만이다. 그때와는 모든 게 달라졌다.

내 방에 도착했다. 룸메이트는 분명 죽었겠지.

그는 내 왕따에 가담하지는 않았지만 보고도 못 본 척을 했다. 쌤통이라고는 생각하지 않지만 특별한 감회도 일지 않았다.

솔직히 이제 와서는 아무래도 좋았다.

숨겨둔 노트북을 회수했다. 예상대로 배터리는 바닥나 있었다.

전원 코드와 함께 가방에 넣었다.

"카즈치 방이다! 자, 야한 책을 찾아!"

"알았어! 미아, 우선 어디를 열어야 할까? 서랍일까?"

"자, 잠깐만, 그런 짓을 하면 안 돼…… 아아, 타마키까지,

차암!"

왠지 소란을 피우는 녀석들이 있지만 무시한다.

루시아는 어지간히 기숙사 방이라는 게 신기한지 멍하니 소란을 피우는 아리스 일행을 바라보고 있었다.

"쳇, 야한 책이 없어. 맞다, 그 노트북 안에……."

"묵비권을 행사하겠습니다."

"이제 와서 부끄러워 안 해도 돼. 아니면 말하기 위험한 취향이야?"

미아는 무표정한 채로 "켈켈켈" 하고 기분 나쁘게 웃었다.

"무슨 웃음소리가 그래."

"주로 드림랜드 주변에서 유행이야."

"진짜 제정신이 아닌 것 같으니까 그만해. 바보 같은 짓 그만하고 얼른 철수하자. 이런 데서 오우거들한테 들키면 성가셔."

나는 어깨를 으쓱거렸다.

"음. 다른 방도 살펴보지 않을래? 뭔가 괜찮은 게 있을지도 몰라."

"그러고 싶은 마음은 굴뚝같지만 아마 이미 유키 선배 일행이 살펴봤을 거야."

"아, 맞다."

그렇다, 이 제1 남자 기숙사는 방 여기저기가 열려 있고 난잡하게 조사된 흔적이 있었다. 적어도 쓸 수 있는 게 있으면 좋겠다고 생각하는 건 다들 마찬가지다. 이제 와서 우리가 조사해봐야 얻을 수 있는 건 적을 게 틀림없다.

"지금은 얼른 폐옥 지하까지 돌아가야 해. 발전기를 돌려 USB 메모리의 내용을 조사해서……."

나는 손가락을 접으며 이제부터 해야 할 일을 정리했다.

손가락을 세 개까지 접은 바로 그때였다.

건물 전체가 세차게 흔들렸다. 벽면이 삐걱대는 소리가 났다.

"지진……인가?"

누군가가 바닥에 넘어졌다.

황급히 돌아보니 루시아가 발버둥치고 있었다. 얼굴이 창백했다.

아, 대륙에는 지진에 내성이 전혀 없는 사람도 있다고 들었는데…….

그야 대륙 한가운데라면 그런 법인가. 왠지 과호흡을 하고 있었다.

안쓰러울 만큼 당황하는 그녀는 평소의 침착한 모습과는 전혀 다른 사람 같아서 왠지 조금 재미있었다.

웃고 있을 때는 아니지만.

"죄, 죄송합니다. 천지가 뒤집힌 듯한데, 시, 신의 분노 인지……."

"그게 아냐. 단순한 지진이야. 이런 정도는 우리나라에서 는 일상다반사로……."

잠깐만. 지진? 지금 이 산도 대륙 어딘가로 전이되어 있다.

그럼 이건 뭐야.

등줄기를 타고 서늘함이 퍼졌다. 나는 침을 삼켰다.

"카즈치, 밖."

미아가 창문에서 바깥으로 얼굴을 내밀고 허둥댔다.

"오고 있어."

"뭐가."

"공룡."

나는 창으로 달려가 바깥의 광경을 봤다.

사족 보행의 거대한 파충류가 굉장한 기세로 다가왔다.

"드워그 아그나무라는 녀석인가."

공룡은 일직선으로 이쪽을 노리고 있었다.

설마…… 들킨 건가? 하지만 어째서.

아니, 지금은 깊이 생각할 때가 아니다. 여기서 요격하는
건 너무나도 불리하다.

몸을 돌리니 아리스와 타마키가 루시아의 좌우로 돌아가
양쪽에서 안아 일으키고 있었다.

"미아, 인비저빌리티로 숲속까지 철수한다. 디플렉션
스펠."

"응. 그레이터 인비저빌리티."

전원의 모습이 사라졌다. 우리는 삼삼오오 창문으로 뛰쳐
나가 숲으로 달렸다. 기숙사 입구에 있던 인비저블 스카우
트도 우리를 따라왔다.

"위험해. 추적당하고 있어."

뒤를 돌아본 미아가 중얼거렸다. 쳐다보니 그녀의 말대로 드워그 아그나무는 완벽하게 우리를 겨냥해 거리를 좁히고 있었다.

이건…… 설마.

"드워그 아그나무는 땅마법을 쓸 수 있다 했지. 진동 탐지 같은 게 있는 거 아닐까."

"아마 그거야. 랭크 5에 바이브레이션 센스(vibration sense)가 있으니까."

나는 모두에게 신호해 일단 멈추게 했다.

"미아, 간다. 디플렉션 스펠."

"응. 플라이."

전원이 하늘에 떴다. 좋아, 이로써…….

"아, 아직 이쪽을 보고 있어."

미아가 오도카니 중얼거렸다.

쳇, 무리인가…….

본격적으로 시 인비저빌리티 같은 마법을 쓰고 있는 건가.

혹은 애초에 투명화 상태를 간파하는 시력의 소유주일지도 모른다. 에시당초 몬스터다. 일반인과는 다른 능력을 갖추고 있어도 이상하지 않다.

환랑왕 샤 라우도 그런 초감각을 가지고 있다고 했다. 다만 샤 라우의 그것은 이렇게 원거리에 있는 대상을 발견할 수 있는 것은 아니었을 터다.

드워그 아그나무. 이 녀석은 그만큼 상위 존재인 건가.

어쩌면 그런 능력에 특화되어 있을 가능성도 있지만…….

어느 쪽이든 여기서 싸우는 건 어리석다. 가능하면 숲속으로 도망치고 싶다.

공룡형 몬스터가 입을 크게 벌렸다.

위험하다, 뭔가가 온다. 아니, 상대가 땅 속성을 특기로 하고 있다면…….

"미아, 수비를 굳혀! 디플렉션 스펠."

"레지스트 어스."

투명화된 우리를 미아가 전개한 녹색 오라가 감쌌다.

다음 순간, 드워그 아그나무의 입에서 칠흑의 브레스가 쏘아졌다.

"리플렉션."

나는 가까스로 내게 날아온 그것을 튕겨냈다.

타마키는 흰 검의 일섬으로 브레스를 후려쳤고, 아리스는 고도 때문에 브레스의 범위 밖에 있었다.

하지만 미아와 루시아는 그 검은 소용돌이에 집어삼켜지고 말았다.

비단을 찢는 듯한 비명이 났다. 피보라가 솟아올랐다.

"조심해, 카즈 선배! 이거 금속 파편이야!"

타마키가 외쳤다.

"금속 조각들에 마나를 둘러 브레스로 날린 건가……."

미아와 루시아는 이곳저곳에 부상을 입었지만 의식을 잃지는 않았다. 이마나 팔다리에서 피를 흘리고, 루시아는 왼손이 이상한 방향으로 돌아갔지만 허용 범위 안이었다.

아니, 평소라면 이제 위험하다는 뜻이기는 하지만.

어라? 아리스가 치료마법을 안 쓰잖아. 왜 그러지? 모두의 부상을 눈치 못 챈…… 건가?

아, 그렇구나. 아직 우리의 투명화가 풀리지 않았다. 시 인비저빌리티를 가진 나만 주위의 상황을 알 수 있는 것이다.

"아리스, 미아와 루시아가 다쳤어. 서둘러."

"아, 네! 에어리어 힐."

아리스에게서 쏘아진 치유의 오라가 우리를 감쌌다.

따뜻한 빛이었다. 미아와 루시아는 다같이 "윽" 하고 신음 같은 소리를 냈다. 아리스의 마법에 의해 상처가 회복되고 있는 것이다.

일단 안심이다.

아니 전혀 일단 안심할 때가 아니지만 말이다.

"카즈 선배, 온다!"

타마키가 내 옆을 날아 적의 앞을 가로막았다.

드워그 아그나무가 지면을 차고 돌진해 왔다.

그 거구가 하늘로 둥실 떠올랐다.

"이 녀석, 날 수도 있는 거냐!"

마침 그 타이밍에 우리의 투명화가 풀렸다.

타마키는 대담하게 웃으며 "자, 덤벼 봐" 하고 외쳤다.

에잇, 이제 어쩔 수 없다.

"조금씩 처리할 수밖에 없나."

"맡겨 줘."

우리는 교전을 결의했다.

제133화 거수 습격

이런 우발적인 전투는 그다지 바람직하지 않다.

하지만 드워그 아그나무가 어떤 탐지 수단으로 우리를 찾아내는지 모르는 이상, 지금 여기서 이 녀석을 얼른 처리하지 않으면 계속 추적당할지도 몰랐다.

"얼른 해치우자."

시간을 너무 끌면 적에게 포위당할 수도 있다. 게다가 오우거들에게는 비장의 카드인 요새포가 있다.

지상에 내려온 드워그 아그나무는 한 마리가 아닐 수도 있다.

자가라지나가 이쪽에 흥미를 가지고 보냈을지도 모른다는 우려도 존재했다.

신병급조차 복종시킬 수 있는 마왕의 오른팔. 힘을 소모한 상태로 그런 녀석과 싸우는 건…… 생각하고 싶지 않은 사태다.

일단 이 싸움. 적에게 들키지 않았다는 것을 전제로 행동한다.

디플렉션 스펠로 전체화한 헤이스트를 건 후…….

"타마키, 아리스, 단숨에 가. 미아, 전력이야. 루시아의 힘은 세이브."

루시아만이 가진 특수 능력, 마력 해방.

이것만큼은 끝까지 숨긴다.

비장의 카드기도 하고, 무엇보다 터무니없는 폭발은 지나치게 눈에 띄니까.

우선 속공을 펼치는 데는 미아의 포박이 빠질 수 없었다.

처음에 미아에게 기대한 건 발 묶기다.

"스톰 바인드."

몸길이 10m가 넘는 공룡형 몬스터의 온몸에 무겁고 축축한 공기의 소용돌이가 휘몰아쳤다. 바람마법의 랭크 8, 스톰 바인드는 평범하게 쓸 경우 최강 클래스의 구속마법이다.

아무리 신병급이라 해도 이거에 걸리면…….

드워그 아그나무가 귀가 먹먹해지는 포효를 내질렀다. 공기가 찌릿찌릿 떨렸다.

젠장, 해주의 포효인가…….

그렇게 생각했지만 드워그 아그나무의 주위를 둘러싼 공기의 소용돌이에는 변화가 없었다.

대신에 잠시 뒤에 지면이 폭발했다.

성대한 흙모래가 솟아올랐다. 상공에서 돌진하던 찰나였던 아리스와 타마키의 모습이 흙먼지에 뒤덮였다.

두 사람의 비명이 포효와 흙모래의 굉음에 지워졌다.

"지금 건 영격용 땅마법인가."

아니, 이런 마법은 우리가 아는 땅마법에는 없는데…….

몬스터 전용 마법일까. 아무튼 수준을 파악할 수 없다.

그보다 이렇게 덩치도 크면서 마법형인 거냐, 이 녀석!

"먼지 때문에 저쪽이 안 보입니다. 이래서는 공격을…….

루시아가 신음했다.

요란하게 흙먼지가 피어오른 탓에 시야가 막혔다. 지금 섣불리 공격마법을 쓰면 아리스나 타마키가 피해를 입을 가능성도 있다.

첫수는 완전히 당했다. 하지만 이 정도로 기가 죽을 수는 없다.

"미아, 먼지를 날려 버려. 아리스와 타마키가 맞아도 상관없어."

"템페스트."

마법 폭풍이 거칠게 불었다.

흙먼지가 순식간에 사라졌다. 그 너머에 있던 아리스와 타마키도 미약하게 자세가 흐트러졌지만…… 허용 범위다.

"지금이야, 둘 다 돌진해!"

"네, 카즈 선배!"

"알았어!"

두 소녀는 템페스트에 의해 불어 닥친 바람을 등에 받고 가속해 날카로운 기합과 함께 드워그 아그나무에게 달려들었다.

아리스의 찌르기가 가슴 부분의 두꺼운 외골격에 금을 냈다. 타마키의 일섬이 그 목을 희미하게 갈랐다.

푸른 피가 물보라가 되어 흩날렸다. 거대 몬스터는 크게 몸을 떨었다.

그 몸이 희미하게 움츠러든 것처럼 보였다.

다음 순간. 드워그 아그나무의 전신이 폭발했다.

아니, 다르다. 외골격의 빈틈에서 무수한 촉수 같은 게 나온 것이다.

켁, 기분 나빠!

"왓, 꺄악."

"오, 오지 마아!"

촉수는 허를 찔린 아리스와 타마키의 팔과 다리에 휘감겼다. 뼈가 부러지는 소리가 먼 이곳까지 들렸다.

두 사람이 고통스러운 소리를 질렀다.

위험해. 저 촉수, 가느다란 주제에 파워가 엄청나. 이대로는 골절 정도로 안 끝나. 둘의 사지가 찢겨나갈 거야.

"미아, 루시아, 촉수를!"

"네. 플레임 애로."

"응. 라이트닝 애로."

둘이 쏜 화염과 번개 화살이 아리스와 타마키를 구속하는 촉수를 꿰뚫었다.

전위 두 사람은 구속에서 탈출해 비틀대며 후퇴했다.

"에어리어 힐."

아리스가 범위회복마술을 사용했다. 하지만 역시 부러진 뼈를 잇는 데는 시간이 좀 걸리겠지.

그렇게 두지 않겠다는 듯이 여전히 구속된 드워그 아그나무는 더 많은 촉수를 뻗었다.

"서몬 패밀리어 : 환랑왕 샤 라우."

나는 일단 송환했던 은빛 대형 늑대를 불러냈다. 서둘러 평소의 부여마법을 건 후 드워그 아그나무의 촉수를 요격하러 보냈다.

"부탁해, 샤 라우. 아리스와 타마키를 구해줘."

『내게 맡겨라, 주인이여.』

샤 라우는 씩씩하게 지면에 내려서 온몸에서 무수한 전격을 쏘았다.

수백 개의 번개가 수십 개의 촉수를 요격했다. 사이의 공간에서 요란하게 불꽃이 튀었다.

하지만 역시 적은 신병급. 무수한 촉수를 상대하기에는 샤 라우의 마법 공격도 조금 열세였다.

촉수 몇 가닥이 환랑왕의 번개 요격망에서 빠져나왔다.

"그 정도라면."

아직 다리를 질질 끌던 타마키가 날았다. 샤 라우의 한 걸음 앞으로 나와 육체 랭크 3의 힘을 빌려 한 손으로 하얀 검을 휘둘렀다.

검에서 뻗어 나온 날카로운 빔이 다가오는 촉수 무리를 태워 버렸다.

하지만 그 일격 후 타마키는 공중에서 무릎을 꿇었다.

"아야야야……."

"타, 타마키. 무리는 하지 마!"

"아니, 여기서는 무리를 해야 해. 아리스는 물러나."

씩씩한 소리를 하는 타마키.

그 투지는 믿음직스럽지만, 지금은 참아 줬으면 한다.

"적은 적어도 신병급이야. 어중간한 공격은 주위도 위험에 빠뜨려!"

"하, 하지만…… 으으, 알았어, 카즈 선배."

타마키는 으음, 하고 신음하며 샤 라우의 뒤로 숨었다.

너는 정말 천진난만하고 모에한 캐릭터를 어필하는구나. 아니, 지금은 아무래도 좋다.

아리스가 연속으로 에어리어 힐을 발동했다. 여기서 MP를 아낄 수는 없다는 뜻이다.

그녀의 방식이 맞다. 지금은 전선 유지가 중요하다.

"샤 라우. 좀 더 시간을 벌 수 있겠어?"

『해보겠다.』

"부탁해. ……헤이스트."

가속마법이 걸린 환랑왕은 그 거구에 어울리지 않는 민첩함으로 붉은 빛을 뿜으며 뛰어나갔다.

잔상을 남기는 스텝으로 촉수들을 농락하며 거리를 좁힌 다음 지근거리에서 연속해서 전격을 쏘았다.

무수한 촉수가 차례차례 불타 떨어졌다. 하지만 촉수는 공룡형 몬스터의 온몸에서 계속 나왔다.

끝이 없군.

"일렉트릭 스턴."

"플레임 재블린."

미아가 마비의 번개로 순간적으로 적의 움직임을 멈췄다.

루시아가 화염의 창을 쏘아 머리에 명중시켜 기를 꺾었다.

조금씩 대미지를 주는 것 같기도 한데…….

드워그 아그나무는 그 거구에 상응하는 터프함을 발휘해 촉수의 수를 한층 늘려 대항했다.

우와, 이 녀석 혹시 다수를 상대하는 게 특기인가?

그렇다면…….

"아리스, 물러나! 우리 호위를 맡아!"

"하, 하지만."

"오우거가 이쪽을 눈치챘어. 이제 곧 올 거야."

실제로 오우거 부대가 이쪽으로 접근하고 있었다. 사실은 사역마를 새로 불러내 요격시키려고 생각했지만.

드워그 아그나무가 다수를 상대하는 게 특기라면 저쪽이 특기인 싸움판에서 싸울 필요가 없다.

그 공룡형 몬스터는 크게 몸을 떨어서 드디어 구속에서 탈출했다. 다만 이건 스톰 바인드가 시간에 따라 구속력이 줄어들었기 때문이기도 했다.

예상대로다. 이건 문제없다.

"응. 한 번 더, 스톰 바인드."

움직이기 시작한 대형 몬스터를 미아가 다시 구속했다.

여전히 가차 없다.

"꼼짝 못 하게 만드는 건 사냥의 기본이야."

"정말 그래."

애초에 이 녀석의 경우 방심하면 촉수를 이쪽까지 뻗을지도 모르기 때문에 방심은 금물이다.

지금 샤 라우와 타마키의 2단 방위 체제로 촉수 무리를 상대하고 있었다. 이 진형이 기능하는 동안에는 문제가 없을 것이다.

아리스는 일단 이쪽으로 달려 돌아온 후 내 헤이스트를 받고 오우거 무리에게 혼자 돌진해서 종횡무진 날뛰었다.

아리스가 오우거 두 마리를 쓰러뜨린 찰나에 루시아가 레벨업했다.

◆ ◆ ◆

하얀 방에서.

우리는 다시 앞으로의 방침을 확인했다.

우선 드워그 아그나무를 신속하게 퇴치할 것. 그동안 오우거 무리는 아리스가 억제할 것.

문제는 상당히 튼튼해 보이는 공룡형 몬스터를 어떻게 쓰러뜨리느냐다.

"좋은 생각이 있어! 내가 확 돌진해 샤샥! 하는 거야!"

"타마키, 이쪽으로 와."

"어? 뭔데, 카즈 선배?"

쓰다듬어 준다고 생각해 어슬렁어슬렁 다가온 타마키의 관자놀이를 두 주먹으로 빙글빙글 눌렀다.

꺄악, 하고 귀여운 비명을 지르는 타마키.

"사랑의 채찍이네요……."

아리스까지 어이없다는 모습이었다.

어쩔 수 없다. 고통을 받지 않으면 기억 못 하니까.

"생각 없는 돌진은 절대 안 돼. 널 걱정해서 하는 소리야."

"네에……."

"애초에 아까 촉수에 붙잡혀 뼈가 부러진 직후잖아."

"아, 그건 방심해서 그래! 다음에는 괜찮아! 분명!"

어디가 분명하다는 거야.

바보 이외의 우리 전원이 눈을 게슴츠레하게 떴다.

"음. 두려울 만큼 반성의 기색이 없어."

아아, 하여간에 이 팀은 호흡이 딱 맞아서 무엇보다 다행
이다.

제134화 촉수의 벽을 넘어라

그러면 드워그 아그나무의 촉수를 어떻게 할까…….

실질적으로 수십이나 그 이상의 적과 동시에 싸우는 것이다. 정면으로 싸우면 숫자에 집어삼켜진다.

그러니 정면에서 싸우지 않는다.

그를 위해서는 우선 전선을 축소할 필요가 있었다. 아리스를 물러나게 한 것도 그중 하나.

"남은 건 미아. 너만 믿을게."

"응. 해볼게."

협의를 마치고 우리는 원래 장소로 돌아왔다.

이제 와서 루시아가 불마법 이외의 스킬을 배워도 소용없기 때문에 스킬 포인트는 그대로 뒀다.

루시아 : 레벨 22 불마법 8 스킬 포인트 8

전장으로 돌아간 우리는 즉시 움직이기 시작했다.

"파이어 스톰."

루시아가 스톰 바인드에 구속된 채 촉수를 뻗는 드워그 아그나무에게 파이어 스톰을 날렸다.

지옥 같은 화염의 폭풍이 촉수들이 늘어나는 것을 막았다.

"타마키, 지금이야. 너도 내려와."

"응, 알았어!"

이 틈에 근접 전투를 감행했던 타마키가 몸을 돌렸다. 하늘을 날아 우리 곁으로 돌아왔다.

샤 라우는 발을 묶기 위해서 아직도 전격을 쏘고 있었다. 다행히 덩치에 비해 민첩한 환랑왕은 여전히 촉수에 붙잡히는 일 없이 촉수를 끌고 다니고 있었다.

그의 최대 무기는 무엇보다 그 기동력일지도 모르겠군. 사족 보행다워.

그런 생각을 하며 나는 돌아온 타마키에게 만약을 위해 헤이스트를 다시 걸었다.

이어서 루시아가 불마법 랭크 8의 하이 레지스트 파이어를 걸었다.

미아도 바람마법 랭크 8의 하이 레지스트 윈드를 걸었다.

레지스트 계열의 최상위는 해당 속성의 마법 공격에 대한 저항을 대폭 증폭시킨다. 이로써 타마키가 접근전을 벌이는 동안에도 거리낌 없이 불마법이나 바람마법을 날릴 수 있게 됐다.

"그럼 갔다 올게."

"잠깐 기다려, 아직이야."

혈기왕성한 타마키의 손을 잡았다. 루시아가 그녀에게 불마법 랭크 6의 시머(shimmer)를 걸었다.

대상의 주위에 불꽃같은 허상을 생성하는 마법이다. 고속으로 움직일수록 많은 허상이 생긴다.

간단히 말하자면 분신술이다.

분신에 직접적인 공격력은 없지만, 적은 신병급이라 해도 본래의 필드가 아닐 공중에 떠서 싸움을 벌이고 있다. 약간의 견제는 될 것이다.

이어서 미아가 바람마법 랭크 6의 블러(blur)를 걸었다. 이것도 시머와 비슷한 것으로, 온몸이 흔들려 보이는 마법이다.

적어도 타마키의 본체를 노리기 어렵게 만들기 위한 방책이다.

굳이 그레이터 인비저빌리티는 걸지 않았다. 어차피 본체바로 근처까지 가면 전방위 지각 계열의 특수 능력에 탐지될 테니 말이다.

하지만 샤 라우에 의하면, 특수 능력으로 있는 곳은 탐지할 수 있어도 시머나 블러에 의한 미묘한 흔들림에는 순간적인 대응이 어렵다고 한다.

환랑왕 샤 라우에게 전방위 지각 계열의 정보를 여러모로 물은 결과 그레이터 인비저빌리티보다 시머나 블러가 우위에 있다는 것을 이해할 수 있었다. 이것들은 적의 인식을 살짝 현혹시키는 것이다. 전장에서는 그 살짝이 중요하다고 한다.

그런 정보를 입수했다는 의미에서도 그와의 전종 계약은 의미가 크다고 할 수 있다.

마지막으로 미아가 윈드 워크를 걸었다. 타마키처럼 강검(剛劍)을 쓰는 경우에는 설령 공중이라 해도 똑바로 버틸 수 있는 발판이 있는 편이 낫겠다고 판단했기 때문이다.

"가!"

"응, 갔다 올게!"

내가 등을 밀자 붉은 빛과 시머의 잔상을 남기며 타마키가 하늘을 달렸다. 비스듬히 올라가 드워그 아그나무를 향해 공중을 달려 내려갔다.

표적인 거수는 여전히 샤 라우의 견제와 화염에 휘말려 타마키의 돌진을 눈치채지 못하고 있었다.

어라? 눈치 못 채?

"그렇구나, 저 녀석의 탐지 방법은 열 탐지인가!"

파충류의 변종인 듯한 녀석이다. 아마 적외선 시각 같은 것을 가지고 있겠지. 하지만 지금 드워그 아그나무의 주위는 루시아가 날린 화염 벽으로 둘러싸여 있다.

아아, 이런 멍청이! 알아차리는 게 늦었어!

결과적으로 기회였다. 타마키는 화염 벽으로 주저 없이 뛰어들어 촉수 무리의 방해를 뚫고 본체의 외피에 참격을 가했다.

시퍼런 칼날이 번뜩이고 두꺼운 표피가 크게 갈라졌다.

푸른 체액이 하늘에 흩날렸다. 드워그 아그나무는 비명 같은 고함을 지르며 격렬하게 괴로워했다.

좋아, 통했어! 역시 타마키. 랭크 9의 공격은 폼이 아냐.

메기슈 그라우전이나 레전드 아라크네전과 달리 우리에게는 지금 랭크 9의 검사가 있다. 적어도 순수한 기량 면에서는 신병급과 호각으로 싸울 수 있는 패가 있다.

우리 지원역이 해야 할 일은 그 패를 상대의 바로 옆까지 옮겨 주는 것이다.

그것을 성공했다.

그렇다면 남은 건······.

"단숨에 무너뜨리자. 루시아는 공격마법, 미아는······."

"응. 일렉트릭 스턴."

내가 명령하기 전에 미아는 랭크 7의 일렉트릭 스턴으로 드워그 아그나무의 몸을 한순간 경직시켰다.

약간의 틈이 생겼다. 타마키가 그곳을 파고들었다.

"간다!"

날카로운 기합과 함께 통렬한 일격을 날렸다.

굳히기라는 듯이 루시아가 불마법 랭크 8, 인시너레이터(incinerator)를 발동시켰다. 그녀의 손바닥에서 뿜어져 나온 업화가 타마키와 함께 거수의 온몸을 둘러싸 불태웠다.

"뜨, 뜨겁잖아!"

타마키가 비명을 질렀다. 하이 레지스트가 걸려 있어도 랭크 8 공격마법은 매서운가.

뭐, 하지만······.

"이 분노는 전부! 이 녀석한테 풀겠어!"

인시너레이터에 촉수 무리가 녹기 시작했다. 힘없이 늘어졌다.

그 한순간의 틈을 파고들어 타마키가 휘두른 칼이 거수의 긴 목에 상처를 입혔다.

두 동강이 난 건 아니지만 동맥을 크게 베었을 것이다. 푸른 피가 샤워기처럼 뿜어져 나왔다.

드워그 아그나무는 그 거구를 세차게 몸부림치며 엄청나게 날뛰었다.

여기서 겨우 거수의 구속이 풀렸다. 드워그 아그나무는 화염에서 도망치듯이 내려가 아스팔트 위에 착지했다.

"지금이야, 미아!"

"자, 스톤 바인드."

마법으로 인해 끈적하게 변한 아스팔트가 거수의 발바닥에 딱 달라붙었다. 다리 네 개 중 두 개가 아스팔트에서 떨어지지 않게 됐다.

드워그 아그나무는 바로 이상을 눈치채고 몸을 흔들어 아스팔트와 함께 몸을 들어 올리려 했지만…….

그것 역시 큰 빈틈이 됐다.

"갈게! 카즈 선배, 보고 있어!"

타마키가 드워그 아그나무에게 달려들었다. 기린처럼 긴 목 위에 있는 머리에 참격을 가했다.

코끝 부근을 베었는지 거수는 머리를 좌우로 흔들어 타마키의 몸을 팽개쳤다.

"이자식-!"

타마키는 날아가기는 했지만, 곧바로 공중을 발판 삼아 멈췄다.

하늘을 달려 돌진. 이번에는 긴 목덜미에 일격을 날렸다.

1대1이라면 호각일까. 어쩌면 드워그 아그나무가 그 거구로 우위를 차지했을 것이다. 하지만 우리의 지원이, 그리고 지형의 유리함이, 신병급과의 전투 경험이 입장을 역전시켰다.

그렇다, 오늘의 우리는 어제보다 훨씬 강해졌다.

한편 오우거 열 마리와 메이지 한 마리 무리에 돌진한 아리스는 과감하게 쳐들어간 초반과는 반대로 고전을 면치 못하고 있었다.

대부분 메이지 때문이다. 메이지의 지시로 생존자들이 포위망을 구축하고 연계해 덤벼들고 있었다.

긴 창을 든 아리스라 해도 리치는 검을 든 오우거 쪽이 길다. 그 거구를 살려서 서로를 더욱 보호하며 덤벼들자 아무리 아리스라 해도 적이 괴로웠다.

다만 혼자서 남은 오우거 여덟 마리를 상대로 고군분투하고 있으니 대단하기는 하다.

"루시아, 아리스를 도와줘."

"네. ……드레드 플레어."

루시아가 날린 공포를 불러일으키는 불꽃에 의해 전황이 일변했다.

아무리 메이지가 통솔해도 어차피 잔챙이는 잔챙이다. 마법에 저항하기에는 불안했을 것이다.

겁을 집어먹어 주춤하는 오우거에게 아리스가 차례차례 찌르기를 날렸다. 쓰러뜨리는 게 아니라 상대의 움직임을 멈추기 위한 공격이다.

음, 아리스는 해야 할 일을 잘 알고 있다.

사실은 여기서 루시아에게 인시너레이트를 날리게 하면 한 방이지만…….

아리스에게는 하이 레지스트가 걸려 있지 않다.

타마키의 모습을 봐서 얼마나 피해를 입는지 알 수 없는 이상 경솔한 수단은 자중해야 한다.

참고로 하이 레지스트 계열은 하위 레지스트에 비해 효과 시간이 현저히 짧다. 랭크 1에 고작 10초다. 타마키에게 건 하이 레지스트 파이어도 80초밖에 유지되지 않는다는 뜻이다.

그만큼 효과는 발군이지만 사전에 적이 무엇을 할지 모르면 좀처럼 쓰기 힘들다.

게임이라면 밸런스가 맞다고 칭찬할 부분이다.

하지만 이건 현실이다. 목숨이 걸려 있으니 난이도가 낮아도 되는데…….

불평해 봐야 소용없다. 아리스가 적을 막아주고 있으니까 이쪽은 이쪽대로 해야 할 일을 해야 한다.

빨리 드워그 아그나무를 쓰러뜨리는 것이다.

"루시아, 화염 벽으로 지원해. 샤 라우, 단숨에 공격해. 타마키가 주의를 끌고 있어!"

『알았다, 주인이여.』

루시아의 화염 벽이 공룡형 몬스터의 주위를 둘러싸 적외선 탐지 능력을 대폭 떨어뜨렸다. 드워그 아그나무는 당황한 듯이 고개를 갸웃거렸다.

기회다.

커다란 늑대가 타마키와 반대 방향에서 돌진했다. 촉수 무리가 반격하려고 꿈틀댔지만, 미아가 지원으로 일렉트릭 스턴을 걸어서 공룡형 몬스터를 한순간 경직시켰다.

환랑왕은 그 한순간에 거리를 좁혔다.

발톱과 송곳니가 타마키가 가른 외피 안쪽, 무른 살로 날카롭게 파고들었다. 드워그 아그나무가 절규했다.

몸을 흔들어 샤 라우를 떨치려 했지만…… 환랑왕도 끈질기게 앞다리 발톱으로 매달려 떨어지지 않았다.

촉수가 풍성한 털을 두드렸다. 인간이라면 일격에 뼈가 부러질 공격이었지만 샤 라우의 거구에는 그다지 타격을 입히지 못하는 듯했다.

거대한 늑대는 이빨을 악물며 노린 사냥감을 놓치지 않았다.

그 덕분에 타마키에 대한 적의 주의가 크게 다른 곳으로 쏠렸다.

그녀는 그 기회를 놓치지 않았다.

"단숨에 해치우겠어!"

소녀는 흰 검을 힘껏 휘둘렀고, 동시에 칼날이 길어졌다.

일격은 멋지게 무방비한 눈을 꿰뚫고 그 안쪽에 있는 뇌수를 헤집었다.

치명상이었다.

드워그 아그나무라는 괴물이 천천히 그 몸을 뉘였다. 요란한 땅울림.

화염 벽 저편에서 흙먼지가 일었다.

그 거구가 반투명해져서 사라졌고…… 노란 보석으로 변화했다.

어떻게든 끝났다.

내가 안심해 마음을 놓은 바로 그때.

『기다려! 뭔가가 있다, 주인!』

샤 라우가 외쳤다.

그 직후, 타마키의 몸이 지면에 내팽개쳐졌다.

소녀의 몸이 퍽하고 짓눌렸다.

어?

대체 무슨 일이?

그 대답은 바로 나왔다.

드워그 아그나무를 둘러싼 홍련의 불꽃 속에서 칠흑의 거구가 그 모습을 드러냈다.

"자가라지나!"

검은 피부의 오우거가 하늘에 떠 있었다.

맨손이다. 녀석은 그 주먹으로 타마키를 순식간에 쓰러뜨렸다.

칠흑의 도깨비가 비웃었다. 불길한 진홍색 두 눈이 나를 쏘아봤다.

등줄기를 타고 떨림이 퍼진다.

그때 떨어진 곳에서 싸우던 아리스가 오우거를 쓰러뜨렸고, 그녀가 레벨업했다.

우리는 하얀 방으로 향했다.

제135화 귀장 등장

하얀 방에 온 우리는 바닥에 누운 타마키를 멍하니 내려다봤다.

팔다리가 엉뚱한 방향으로 뒤틀려 있었다. 입에서 거품을 뱉어내며 온몸을 경련하고 있었다.

너무나도 지독한 모습에 머리가 제대로 돌아가지 않았다.

처음에 움직인 것은 아직 직접 그 녀석을 보지 못한 아리스였다.

"타마키!"

큰 부상을 당한 절친에게 달려가 필사적으로 힐을 걸었다.

치료를 받은 타마키는 벌떡 일어났다.

공허한 눈으로 나를 응시하며 멍한 기색으로 입을 열었다.

"몰랐어."

소녀의 푸른 눈동자가 동요로 흔들렸다.

"전혀 안 보였어. 뭔가 오는 기척이 있어서 황급히 낙법을 취했지만, 그것뿐이었어."

"나도 뭐가 어떻게 된 건지 전혀 몰라."

인비저빌리티 같은 마법을 써서 접근한 걸까.

그렇다면 나는 시 인비저빌리티를 걸고 있었다. 난전에 화염이 소용돌이치고 있었으니까 접근을 놓쳤다 해도 이상하지는 않지만…….

타마키가 얻어맞기 직전까지 자가라지나의 존재를 눈치

채지 못한 건 기묘하다.

"아마 연기일 거야."

"무슨 소리야, 미아."

"변신 능력의 변형. 연기로 변화해 접근했어. 그래서 드워그 아그나무의 뒤에 숨어 있다…… 방심하고 있을 때 일격."

"보였어?"

"내가 만든 게 아닌 바람이 부는 것처럼 연기 같은 게 아른아른 움직였어. 뭔가 이상했어……."

미아는 무표정하게 나를 올려다봤다. 그 주먹이 단단히 쥐어져 있었다.

그녀는 분한 것이다.

"하지만 중요한 건 알아차리지 못했어. 위화감이 있었는데 알리지 못했어. 카즈치, 내 실수였어."

"다음에 발휘해 줘. 무슨 일이 있으면 보고해. 뭔가 이상하다고 경고만 해도 충분하니까."

"응. 미안."

나는 미아의 머리를 난폭하게 쓰다듬었다. 자그마한 소녀는 "으음" 하고 싫어하는 기색을 보였다.

"드워그 아그나무는 미끼였던 거군요."

루시아가 말했다.

처음부터 자가라지나는 우리가 드워그 아그나무와 싸우는 동안 접근해 기습할 생각이었다.

녀석에게 우리는 숲을 쏘다니며 게릴라전을 펼치는 시끄

러운 파리 같은 존재였을 것이다.

오우거들을 동원해 소탕 작전을 펼친다 해도 우리가 도망칠 가능성은 높았다. 그래서 녀석은 우선 타마키를 쓰러뜨려 인질로 삼았다.

우리가 도망칠 수 없는 포진을 취한 것이다. 만일 타마키를 버리고 도망치더라도 그 역시 전력 약화 성공이다.

그러기 위해서 신병급 몬스터를 버리는 말로 삼았다.

그게 그에게는 비교적 적합할지 모르지만, 우리에게는 치명적으로…….

"아니, 잠깐만."

나는 입가에 손을 대고 생각했다.

그건 우리의 행동과 습성을 알고 있기 때문에 펼친 작전 아닌가?

애초에 우리가 타마키를 버리다니, 전혀 생각할 수 없지 않은가.

그건 즉, 적이 우리를 연구했다?

"도플갱어가 우리 성격을 전한 거 아닐까?"

"응. 그럴지도 몰라. 그렇지 않으면 신병급을 미끼로 쓰는 작전은 좀처럼 할 수 없어."

타마키가 수긍하며 고개를 끄덕였다.

"도플갱어가 어떤 시점에 고등부에 침식했는지는 알 수 없지만……. 전날 상황을 생각했을 때 이틀째 밤까지는 일부 학생과 접촉했을 거야."

"어떻게 아는 건가요, 미아."

"소문이 확실하다면 도플갱어는 시바라는 사람으로 변해 있었어. 그렇다면 일단은 살아 있는 시바와 접촉했을 거야. ……시바가 죽은 건 이틀째 심야."

우리는 어제 일부 도플갱어를 쓰러뜨렸지만, 그게 전부라는 확증은 없다. 어쩌면 빛의 백성에게 간 학생 중에 아직 도플갱어가 섞여 있을 가능성도 있다.

저쪽에는 그레이터 닌자가 갔다. 그녀라면 유키 선배, 시키와 협력해 모든 도플갱어를 색출해 줄 것이다.

아니, 그때 케이코 씨를 저쪽으로 보내지 못했다고 생각하면…… 오싹해진다.

덕분에 우리는 이쪽에 남았지만.

그 탓에 이렇게 절망적인 상황에 빠졌지만.

"도플갱어에게 생존자가 있다면…… 그야 오우거와 접촉해 우리의 정보를 전할 수 있겠지."

"우리에 대해서는 전부 알려졌다고 생각해야 해. 비교적 동료에게 무른 면이 있다든가, 타마키치가 엉터리인 거라든가, 카즈치가 꽤나 쑥맥인 거라든가."

"어, 엉터리 아냐!"

타마키가 울먹이며 미아에게 항의했다.

나는 말없이 외면했다. 여기서 나까지 항의하면 괜히 긁어 부스럼이 될 것 같기 때문이다.

"카즈 선배는 쑥맥이 아냐! 제대로, 저기!"

아리스가 쓸데없는 말을 꺼내다 얼굴을 새빨갛게 물들이고 입을 다물었다. 고개를 숙였다.

"으음…… 제대로, 해……줘."

"응. 그래, 그렇겠지."

미아가 어째선지 거만한 말투가 됐다. 뾰로통하게 나를 노려봤다.

"얘기가 진행이 안 되니까 미아, 그런 얘기는 나중에 해."

"알았어. 나중에 한다는 말 기억해."

반드시 잊어 주마.

그건 둘째 치고.

"어떤 전술을 취할까인데……. 어떤 형태로든 자가라지나의 발을 묶고 타마키를 들어 도망간다. 기본 방침은 이거면 될까?"

"도망칠 수 있을까요?"

루시아가 고개를 갸웃거렸다.

음, 그렇기는 한데 말이야. 하지만 지금 싸워서 이길 수 있는 상대냐고 하면…….

"이, 있잖아, 카즈 선배! 나를……."

"버리고 도망치라고 하면 미아의 변태 도구를 전부 써서 벌을 줄 거야."

"하지만!"

비장하게 결의를 굳히고 나를 응시하는 푸른 눈의 소녀. 나는 타마키의 가을 벼이삭 같은 머리카락을 가만히 쓰다듬었다.

"널 버리는 일은 없어. 이건 최저 조건이야. 알았지?"

"하, 하지만 그 녀석이 상대라면……."

"작전은 지금부터 생각할 거야. ……미아, 뭔가 생각은 있어?"

나는 자그마한 소녀를 돌아봤다. 미아는 "으음" 하고 팔짱을 꼈다.

"역시 묶고 관장……."

"그건 됐고."

"우선 최저한으로, 타마키 찡이 만전의 상태가 아니면 승산은 없어. 잔챙이들까지 상대하는 것도 무리야. 자가치를 유인해 두들겨 패면 겨우 동등하게 싸울 수…… 있지 않을까?"

자가치라고 하지 마.

"정말 그게 최저한의 조건이겠네."

솔직히 그렇게까지 해도 이길 수 있을지 없을지는 모른다.

지금의 우리는 신병급을 상대로도 이렇게까지 밀리는 수준의 전력이다. 신병급도 종속시키는 정말 위험한 존재를 상대로 지금의 우리가 어디까지 통할까.

우리는 몇 번이고 몇 번이고 협의를 반복했다.

지치면 서몬 피스트로 연회를 열었다. 루시아는 여전히 디저트만 맛있게 잔뜩 먹었다.

오로지 어떻게 움직일지만을 점검했다.

첫 움직임이 가장 중요하다. 온갖 패턴을 상정하고 각각 패턴에 대책을 세웠다.

레벨업한 아리스의 스킬 포인트는 그대로 뒀다.

각오를 다지고 하얀 방을 나왔다.

아리스 : 레벨 28 창술 8/치료마법 5 스킬 포인트 5

◆ ◆ ◆

전투 재개.

홍련의 화염에 둘러싸인 채 자가라지나가 소리 높여 웃었다.

천천히 지면에 착지했다. 그의 발밑에는 팔다리가 꺾인 타마키의 모습이 있었다.

일부러 공격하지 않는 건가.

역시 이 녀석은 타마키가 이쪽에서 가장 뛰어난 전사라는 사실을 알고 있었다.

우리가 동료를 버리지 않는다는 것도.

즉, 얕보고 있었다.

오우거 부대를 등지고 타마키에게 달려오는 아리스를 곁눈으로 보면서 우선 내 곁에 있던 인비저블 스카우트에게 디포테이션을 사용했다.

사역마가 송환되어 MP가 됐다.

이로써 준비는 다 됐다. 지금이야말로 비장의 카드를 꺼
낸다.

"샤 라우!"

특수 능력을 사용했다.

사역마 각성. 소비하는 MP는 내 남은 MP의 거의 대부분
인 162.

환랑왕의 온몸이 검붉게 빛났다.

거대한 늑대가 포효했다.

"자가라지나를 막아!"

『맡겨라, 주인이여.』

"응. 쓰러뜨려도 딱히 상관없어."

미아, 그건 사망 플래그야.

샤 라우가 자가라지나에게 달려들었다.

반대로 칠흑의 오우거는 한 걸음 앞으로 나섰다. 코끼리
만한 거대한 은빛 늑대를 정면으로 상대했다.

"날 즐겁게 해봐라."

그렇게 말하며 흉포하게 웃었다.

말했다.

아니, 일부 몬스터가 말한다는 건 알고 있던 사실이다.

양쪽이 격돌했다. 샤 라우가 날린 발톱을 자가라지나가
왼손만으로 막았다.

체격만으로 말하자면 은빛 늑대 쪽이 한층 크지만…… 아
무래도 파워는 호각.

아니, 그렇지 않았다. 자가라지나는 환랑왕의 발톱을 막은 채 왼손을 아무렇게나 들었다. 가볍게 휘두르는 듯한 동작.

샤 라우의 거구가 옆으로 날아갔다.

진짜냐. 지금의 내가 할 수 있는 최대의 사역마 각성을 해도 이런 정도인가.

하지만 샤 라우는 공중에서 마법을 써서 멈추고 몸을 뒤집어 착지한 다음 바로 다시 검은 피부의 오우거에게 돌진했다.

그 몸에서 보라색 번개가 뿜어졌다. 돌진에 전격마법을 거듭해 한층 더 가속했다.

"재미있군."

자가라지나는 다시 그 일격을 정면에서 받았다.

이번에는 양손이다. 기세를 완전히 죽이지 못하고 뒤로 밀려났다.

하지만 그것뿐이었다. 마치 아기의 손을 비틀 듯이 환랑왕의 거구를 가볍게 날렸다.

"더 와봐! 힘을 더 보여 봐라!"

자가라지나가 외쳤다. 기뻐하며 양손을 높이 치켜들었다.

샤 라우가 세 번째 돌진하고 자가라지나가 정면에서 튕겨냈다.

"뭐야, 이 녀석. 놀고 있는 건가?"

나는 그 싸움을 멍하니 지켜볼 수밖에 없었다.

제136화 환랑왕의 의지

"스톰 바인드."

미아가 칠흑의 오우거 왕에게 아까 공룡형 몬스터를 옭아맨 구속마법을 행사했다. 축축한 대기가 검은 오우거 주위를 둘러싸고 그 사지에 달라붙었지만……

자가라지나는 비웃듯이 입가를 끌어올렸다. 뭐라고 하는지 알아들을 수 없을 만큼 작은 목소리로 무언가를 말했다.

그러자 온몸에 검붉은 오라 같은 것이 일어났다. 미아가 생성한 마법의 구속은 그 오라에 닿은 순간 녹아 사라졌다.

안티 매직 종류인가.

신병급을 능가하는 존재이니 대항 수단 정도는 있겠지.

하지만 그거면 된다. 한순간만 주의를 돌리면 충분하다.

"레인지드 힐."

칠흑의 오우거와 거리를 벌린 아리스가 조금 떨어진 곳에서 치료마법을 사용했다.

타마키의 몸이 빛에 둘러싸였다.

직후, 큰 부상을 입었던 소녀는 온몸을 용수철처럼 벌떡 일으켜 자가라지나의 간격에서 이탈했다.

타마키는 고통으로 얼굴을 일그러뜨리며 필사적으로 칠흑의 오우거에게서 거리를 벌렸다.

아리스가 타마키에게 몇 번이고 레인지드 힐을 걸었다.

"타마키, 뼈는?"

"어떻게든 붙은 것 같아."

입가의 토사물을 손으로 닦고 타마키는 검을 쥐었다. 아직 고통은 있겠지만 적어도 팔다리는 움직이는 듯했다.

지금 상태에서 마무리 당하는 것만은 피할 수 있었다. 최악의 상황은 면했다.

그동안 다시 샤 라우가 돌격해 자가라지나와 맞붙었다.

"좋은 의기다."

오우거 왕이 히죽 웃었다. 우리가 필사적으로 저항하는 그 모습이 어지간히 즐거운 건가.

빌어먹을, 웃고 난리야.

"인시너레이트."

아리스를 쫓아온 오우거 무리에게 루시아가 랭크 8의 화염마법을 날렸다.

지옥의 업화에 몸이 불타자 귀장의 오우거 부하들이 괴로워 몸부림쳤다.

아마 메이지의 레지스트는 걸려 있겠지만, 랭크 8의 맹위는 마법적인 방호를 뚫고 오우거의 몸을 녹였다.

오우거 두 마리가 쓰러졌다.

좋아, 남은 건 부상당한 오우거 다섯 마리와 메이지다. 견디지 못하고 메이지가 멈춰 지팡이를 하늘로 치켜들었다.

메이지 오우거가 하늘로 날아올랐다.

자신만이라도 살아남으려는 건가. 그렇다면 이 녀석은 내버려 둬도 된다.

"루시아, 잔챙이를 처리해."

"네. 인시너레이트."

비틀대면서도 아리스에게 달려들려 했던 만신창이 상태의 오우거들을 추가된 업화가 태웠다. 남은 다섯 마리가 모두 쓰러졌다.

이로써 남은 건 메이지 오우거와 자가라지나뿐이다.

물론 그 '뿐'이 문제다.

"간다."

치료가 끝난 타마키가 귀장에게 돌진했다.

자가라지나는 끈질기게 달려드는 샤 라우를 왼손으로 뿌리치고 오른손 하나로 타마키의 참격을 받아냈다.

타마키의 은검과 자가라지나의 손바닥 사이에 붉은 오라 같은 것이 떠올랐다.

마나의 방패 같은 거겠지. 저것도 마법의 일종인가. 이미지로는 기공 같은 느낌인데.

그보다 아직도 맨손으로 싸우는 거냐, 이 녀석…….

이래서는 진심인지 얕보는 건지 모르겠다.

만약 얕보고 있다면 기회라고 생각하고 싶다.

"카즈치, 와."

미아의 목소리에 메이지 오우거에게 눈길을 돌리니, 우리보다 더 상공에서 얼음 칼날을 떨어뜨리고 있는 차였다. 어제도 잔뜩 당한 냉기마법이다.

"리플렉션."

나는 반사마법으로 튕겨내려 했지만 타이밍이 맞지 않아서 실패했다.

고스란히 빙탄의 비를 뒤집어썼다. 얼굴을 손으로 가렸지만 뺨이, 팔이, 그리고 배나 다리 이곳저곳이 찢어졌다.

젠장, 하지만 이런 정도는!

"미아, 저 녀석을 떨어뜨려!"

"응. 그래비티."

미아의 중력마법에 메이지 오우거는 강제로 지면에 끌려와 쓰러졌다. 보라색 로브를 입은 거인이 지면에 엎드렸다. 거기에…….

"인시너레이트."

"라이트닝 애로."

번개 화살과 업화의 연속 공격.

메이지 오우거가 몸부림쳤고…… 이윽고 저항이 그쳤다. 도깨비 마술사는 드디어 숨을 거두고 푸른 보석 세 개로 변화했다.

좋아, 이로써 준비가 끝났다.

"철수한다, 이쪽이야!"

내 신호에 타마키와 아리스를 포함한 전원이 발뒤꿈치를 돌렸다.

손목시계를 힐끗 확인했다.

사역마 각성을 사용하고 5분이 지나 있었다.

"샤 라우, 조금만 버텨!"

『알았다.』

환랑왕이 자가라지나에게 끈질기게 달라붙었다. 그의 온몸은 너덜너덜하게 상처투성이였지만, 그래도 가까스로 급소를 노린 공격을 피하며 거구의 검은 오우거와 맞붙고 있었다.

지금은 이러면 된다.

샤 라우를 맨 뒤에 두고 우리는 플라이를 전속력으로 펼쳐 도망쳤다.

이건 도박이다. 나는 바람을 가르고 날면서 손목시계를 봤다.

"사역마를 미끼로 쓰고 도망치는 거냐. 겁쟁이가 따로 없군."

자가라지나가 비아냥을 섞어 그렇게 외쳤다.

돌아보니 샤 라우가 포효하며 온몸에 붉은 오라를 두르고 있었다. 검은 오우거와 마찬가지로 마나 실드겠지.

"그렇다면 좋다. 이 녀석을 없애고 쫓아갈 뿐."

자가라지나가 자세를 잡았다. 샤 라우의 돌격에 대비했다.

5초, 4초, 3, 2, 1.

샤 라우가 지면을 박차고 잔상을 만들며 돌진했다. 자가라지나는 허리를 낮추고 왼손을 앞으로 내밀어 이것에 반격할 자세를 갖췄다.

귀장에게서 열심히 거리를 벌리며 나는 웃었다.

"타임 리미트다."

직후, 환랑왕의 모습이 휙 사라졌다.

자가라지나는 잠시 어리둥절해했다.

하지만 그렇다, 이거면 된다. 사역마 각성으로부터 320초가 지난 것이다. 이 특수 능력의 효과 시간을 넘었기 때문에 사역마는 송환됐다.

처음부터 이렇게 하는 게 노림수였다. 그저 마지막 몇 초 동안 자가라지나의 발을 묶을 수 있으면 충분했다.

그것만으로 우리는 100m 이상의 거리를 벌었다.

"이노옴!"

칠흑의 오우거가 분노하고, 울부짖고, 날뛰며 달리기 시작했다. 우리를 엄청난 속도로 뒤쫓았다. 자가라지나가 지면을 찰 때마다 흙먼지가 요란하게 피어올랐다.

피아의 거리가 순식간에 좁혀졌다. 숲으로 도망치기 전에 따라잡힐 것이다.

이렇게까지 해도 약간의 시간밖에 벌지 못했다.

이대로 좋다. 계산 안에 있다.

"타마키!"

"응, 맡겨줘!"

몸을 뒤집은 타마키가 지면으로 내려가 자가라지나에게 맞섰다. 날카로운 기합과 함께 은빛 검의 칼날이 길게 늘어났다.

검은 오우거는 무심히 오른손을 휘둘러 그 일격을 물리쳤다.

"소용없다. 계집."

"그렇지도 않아."

타마키가 재빨리 뒤로 물러났다.

자가라지나가 즉시 거리를 좁혔다.

둘이 개방된 장소로 나왔다. 교정이다. 지금은 잔해로 변한 고등부 교사 앞에 있는 운동장으로 두 사람은 발을 들였다.

그리고 그 지하에는.

아까 아리스와 미아가 조사한 공간이 있다. 수수께끼의 벽면이 있다.

그녀들은 그곳에서 어떤 것을 봤다고 한다.

본래 학교에 있어서는 안 되는 것. 아니, 애초에 일본에 이런 게 이렇게 잔뜩 있는 곳은 없을 것이다.

놀랍게도 그것은 대량의 폭탄이었다.

"그래비티."

미아의 중력마법이 자가라지나를 내리눌렀다.

바로 깨지겠지만 필요한 건 그 한순간이었다.

타마키가 하늘로 날아올랐다.

"할 수 있어, 해줘!"

"응, 그러면. 누른다."

미아는 오른손에 쥔 손바닥 크기의 스위치를 꾹 눌렀다.

지하에서 배에 울리는 낮은 소리가 울렸다.

한 박자 뒤에 운동장 전체가 모래 먼지에 둘러싸였다. 사

방에서 폭음이 솟아올랐다.

"으…… 엇, 이건, 함정인가!"

자가라지나의 외침.

이 정도로 그는 죽지 않을 것이다. 다만 의표는 찔렀다. 그의 강한 경계심을 피할 수 있었다. 시간을 버는 정도는 할 수 있었다.

그의 시야를 막았다.

우리가 이 땅에서 이탈하기 위한 전이문을 펼치기 위한 약간의 틈이 생겼다.

하늘을 올려다보자 매 한 마리가 즉시 급강하했다.

"린 씨의 사역마다!"

나는 외쳤다.

저번 사역마가 격추되고 바로 다른 사역마를 급히 보낸 거겠지. 그리고 기회를 기다리고 있었다.

우리가 자가라지나를 봉쇄하는 그 한순간을 이제나저제나 기다리고 있었다.

하얀 방에서 이 제안을 한 건 루시아다.

그녀는 "린이라면 이렇게 한다"라고 자신을 가지고 선언했다. 그러니 자가라지나의 경계심을 우리에게 쏠리게 해서 린 씨의 사역마에게 기회를 줬으면 한다고.

솔직히 반신반의했다.

하지만 나와 아리스를 비롯한 다른 아이들이 강한 유대로 이어져 있듯이 루시아와 린 씨도 어떠한 유대로 이어져 있겠다고 생각해 봤다.

그러자 이건 나쁘지 않은 작전이라는 생각이 들었다.

과연 루시아의 선언대로 매가 찾아왔다. 루시아와 린 씨를 믿은 우리의 고생은 보답받았다.

우리의 앞에 착지한 사역마 매는 즉시 전이문을 펼쳤다. 희푸른 원이 지면에 생겨났다.

"다들 뛰어들어!"

미아가, 루시아가 희푸른 원으로 뛰어들었다. 그 모습이 차례차례 사라져갔다.

아리스가, 그리고 서둘러 이쪽으로 합류한 타마키가.

운동장 쪽을 힐끗 보니 폭풍 속에서 검은 그림자가 포효를 지르고 있었다. 듣는 것만으로 몸이 떨리는 무시무시한 고함.

위험하다.

위압감이 장난 아니다.

진심이 된 걸까. 그렇다면, 지금까지는 역시 진심이 아니었던 건가.

역시 우리를 봐줬던 걸까. 자가라지나 녀석, 놀고 있었던 건가.

하지만 그게 녀석의 실수다. 우리는 도박에서 이겼다.

검은 질풍이 된 거구의 오우거가 흙먼지에서 달려왔다.

그 오른손 끝이 빛났다. 광선이 내 어깨를 스쳤다. 피보라가 일어났기에, 고통에 눈썹을 찌푸렸다.

황급히 희푸른 원으로 들어갔다.

마지막으로 본 자가라지나는…….

웃고 있었다.

아주 아주 기쁜 듯이 자신을 따돌린 나를 보고 크게 웃고
있었다.

"기대하고 있겠다! 다음에 만날 때를!"

아아, 이 녀석은.

불현듯 나는 이해했다.

전투광이라는 녀석이구나, 하고.

전이에 따른 의식의 블랙아웃이 일어났다.

제137화 전이

도망치는 것이 승리. 우선 살고 봐야 한다.

우리는 모두 살아남았다.

눈을 뜨니 그곳은 몇 번인가 왔던 나무 속 공간이었다. 발 밑의 마법진이 빛을 잃었다.

나는 좌우를 살폈다.

모두 무사했다. 아리스도 타마키도 미아도 루시아도.

다만 타마키는 부상이 아직 완전히 회복되지 않았는지 이제 와서 한쪽 무릎을 꿇고 있었다. 그런 타마키에게 아리스가 힐을 걸었다.

타마키와 내 눈이 마주쳤다.

"해냈어, 카즈 선배! 우리 돌아왔어!"

"아아, 응, 그러네."

타마키가 쾌활하게 웃었다. 방금 전까지 엄청난 강적을 상대로 절망적인 싸움을 강요받고 있었다고는 생각할 수 없을 만큼 산뜻한 웃음.

아니, 그녀니까 완전히 잊어버렸을지도 모른다.

그리고 나도 어깨를 누르고 신음했다. 갑자기 통증이 퍼진 것이다. 흥분 상태가 끝나서 그런지 자가라지나의 빔에 당한 곳이 심하게 아프기 시작했다.

"카즈 선배, 지금 치료할게요!"

"아니, 난 나중에 해도 돼. 우선 타마키를……."

그때 주위가 소란스러워졌다. 보초 병사들을 밀치고 숨을 헐떡이며 공간으로 달려 들어오는 자가 있었다.

린 씨였다.

"루시아!"

린 씨는 루시아의 무사한 모습을 보자마자 환하게 웃었다.

달려와 그 몸을 끌어안았다. 꼬리도 기쁜 듯이 붕붕 흔들렸다. 머리 위에 달린 강아지 귀도 까딱거리고 있었다. 감정 표현이 풍부하구나.

미아가 달려들 듯한 얼굴을 하고 있어서 목덜미를 잡아뒀다.

"으, 카즈치, 심술궂어."

노려봤지만 무시했다.

그보다 어깨 부상이 욱신거리는데 왜 이 녀석을 말리는 역할을 맡아야 하는 거야.

"린, 다녀왔어요. 걱정 끼쳤네요."

"다행이야! 루시아, 무사히 돌아와 줘서 정말 고마워."

루시아의 가슴에 얼굴을 묻고 울음 섞인 목소리로 그렇게 소리치는 강아지 귀 소녀는 나이에 어울려 보였다.

사실은 린 씨 쪽이 꽤나 연상인 모양이지만 말이다.

조금 기뻐졌다.

흐뭇한 두 사람 때문일까. 아니, 확실히 그것도 있지만, 그것뿐만이 아니다.

지금은 루시아도 우리의 동료이니 그 동료를 소중히 여겨 주는 린 씨에게 친근감이 생긴 것이다.

그건 그렇고…… 얼싸안은 두 사람을 응시했다.

그녀들에게는 종족이나 출신에 큰 격차가 있다. 두 사람의 관계는 그 차이를 메우고도 남을 만큼 친밀해 보였다.

루시아와 처음 만날 때도 그랬을지도 모른다. 린은 우리를 시험하는 듯한 행동까지 하며 루시아를 걱정하고 있었다. 우리에게 악감정을 품었다기보다 루시아를 우리에게 맡기는 것을 불안해하고 있었다.

루시아의 직함은 망국의 공주님이지만 실제로는 버리는 말 같은 존재다.

그런 그녀와 빛의 백성을 이끄는 소녀. 둘 사이에 우리가 모르는 어떤 교류가 있었던 걸까.

"백합 같아."

"입 다물어."

미아의 머리를 가볍게 때렸다.

뭐, 됐다. 그건 지금 우리에게 그다지 상관없는 일이리라. 조만간 루시아에게 물어봐도 되는 일이고 말이다.

사적인 일이라서…… 가르쳐 주려나.

"카즈 선배, 오래 기다리셨어요. 치료할게요."

아리스가 이쪽으로 달려와 어깨에 힐을 걸어 줬다. 통증이 점점 사라져 갔다.

휴우, 겨우 한시름 놓았다.

"수고했어, 카즈 군."

린 씨의 요란한 등장에 놀라 눈치채지 못했지만, 어느새 시키도 넓은 방에 와 있었다.

가볍게 손을 드는 우리 반장은, 그러나 어딘가 여위어 보였다. 눈 밑에 진한 다크서클이 생겨 있었다.

"시키…… 혹시 잠 안 잤어?"

"그야 그렇지. 아까 모두가 출진할 때까지 여러모로 조정하느라고. 밤새웠어."

"다른 애들은 출발……했구나."

"응. 다행히 여기까지 순조……로운 것 같아. 나는 한숨 잘 생각이야."

시키는 하품을 했다. 무방비한 그 모습에 나는 무심코 피식 웃었다.

"왜 웃어. 이쪽은 엄청 걱정했다고."

"미안. 하지만 보는 대로 전원 무사해."

"다행이네. 그렇지, 도플갱어의 전말, 듣고 싶어?"

"나중에 해줘."

시키의 모습을 보아 도플갱어에 대해서는 완벽한 대책이 세워졌을 것이다. 그녀의 그런 면은 신뢰할 수 있다고 생각한다.

"그래. ……그래서 MP는?"

나는 어깨를 으쓱거렸다.

"텅 비었어. 아, 하지만 나 외에는 아직 조금 여유가 있을 거야."

"그래? 그럼 꽉 찰 때까지 너도 쉬어."

"괜찮겠어? 다들 싸우고 있잖아."

"너희는 비장의 카드야. 준비가 될 때까지 그대로 둘 거야. 알았지?"

그렇군. 뭐, 그렇게 할까. 어차피 MP가 바닥난 내가 할수 있는 일은 아무것도 없다.

얌전히 휴식……할까.

◆ ◆ ◆

그런데 기껏 내 방에서 노트북을 구출했지만 배터리가 방전됐다.

육예관조가 어제 전이문으로 탈출할 때 발전기를 들고 갔을 테니까 그걸 쓰기로 할까.

얘기 듣기로 유키 선배는 현장 지휘관으로 출격했다기에, USB 메모리의 정보를 보기 위해서는 컴퓨터가 필요했기 때문이다.

그런 건 나중에 해도 되지만…….

왠지 신경 쓰인다. 특히 운동장 밑에 있던 그 의문의 공간, 그리고 대량으로 설치되어 있던 다이너마이트.

유키 선배는 대체 무엇을 알고 있었던 걸까. 무슨 생각을 하고 있었던 걸까. 우리에게 무엇을 전하고 싶었던 걸까.

시키는 뒷일을 스기노미야 스미레에게 맡기고 한숨 자러

가버렸다. 아리스와 타마키의 절친 스미레는 내 요청을 들어주었다.

"알았어요. 저희가 사무실로 삼은 곳으로 안내할게요."

그렇게 말하고 스미레는 나무 위 거리를 위태로운 발놀림으로 걷기 시작했다.

루시아는 일단 린에게 상황을 보고해야 하기 때문에 개별 행동을 하게 됐다.

나머지 우리 네 명은 스미레를 따라갔다. 스미레는 다리 위를 걷는 도중에 허둥대다 두 번 정도 다리에서 떨어질 뻔했다.

이 애…… 으으, 불안하네.

길을 가는 도중 나무 위 거리를 관찰했다.

오가는 빛의 백성 사람들은 분주하고 한결같이 심각한 표정을 짓고 있었다. 이미 그들의 운명을 건 최종 결전이 시작됐으니 당연할지도 모른다.

이 세계수는 반드시 방어해야 하는 거점이다. 다른 두 곳은 적에게 넘기고 자폭한다. 적에게 점거된 두 곳을 탈환해 우리 것으로 만든다.

한 곳을 지키고 두 곳을 다시 빼앗는다. 오늘 그 모든 것을 하지 못하면 이 세계의 인류는 멸망한다고 한다.

그야 심각한 얼굴이 되겠지.

아니, 그 사람들이 사실을 얼마나 알고 있는지는 모른다. 어쩌면 최저한의 명령만 들었을지도 모르겠다. 그런 상태라도 오늘이 고비라는 것 정도는 알고 있을 테고.

뭐, 됐다. 지금은 우리 일을 하자.

도착한 곳은 다른 곳보다 약간 작은 나무.

한눈에 여기라는 것을 알았다. 그야 나무 구멍 밖, 중계발판의 아슬아슬한 곳까지 기재가 나와 있으니 모르는 게 이상하다.

빛의 백성은 그 나무에는 접근하지 않았다. 주변 다리를 걷는 자들은 기이한 눈으로 덜컹덜컹 큰 소리를 내는 발전기를 보고 있었다.

음, 무사히 발전기가 움직이고 있는 듯해서 무엇보다 다행이다. 예비 등유가 얼마나 있는지 모르지만, 이만큼 제대로 굴러간다면 오늘 내일은 괜찮을 것이다.

나무 구멍 안에서는 비전투원인 육예관조 세 명이 형광등 같은 마법 불빛 밑에서 서류와 격투하고 있었다. 우리를 보고 고개를 들더니 밝은 표정을 지었다.

"무사하셨네요, 카즈 선배! 다행이에요!"

"아, 응, 하던 거 마저 해. ……근데 왜 여기까지 와서 서류 작업 해?"

"정찰대의 정보라든지 지금까지 있었던 일을 정리하고 있어요. 시키 선배가 카즈 선배 쪽이 돌아왔을 때 바로 요약해서 볼 수 있도록 하라고 해서요."

그렇군, 그건 도움이 된다.

다만, 그녀들은 우리가 이렇게 바로 돌아온다고 생각하지 못해서 정리를 다 하는 데는 조금 시간이 걸린다고 한다.

그래서 문제없다고 알렸다.

어차피 내 MP가 회복될 때까지 한 시간 반은 걸리니 말이다.

아아, 그건 그렇고…… 하고 내가 부탁하기 전에 스미레가 발전기에 연결된 전원 코드를 끌어왔다.

"노트북, 이걸로 해보세요. 작동되면 좋겠는데……."

"아마 괜찮을 거야. ……그러고 보니 메이지 오우거의 마법을 맞았을 때 조금 충격을 받았으려나."

다행히 내 노트북은 무사히 작동했다. 나무 테이블에 놓고 기동 화면을 바라봤다.

미아가 "어디 보자" 하고 들여다봤다.

"야동은 어디 있어? 누나한테 보여 봐."

"안 들어 있어."

누가 누나야, 누가.

나중에 PC를 잠궈 두자.

아니…… 어차피 전원이 유지되는 게 며칠인 이 상황에서 그런 건 의미도 없을지도 모르겠지만 말이다.

나는 USB 슬롯에 지하실에서 발견한 메모리를 끼웠다. 폴더가 열리고 어떤 파일 일람이 나왔다.

일반적인 텍스트와 엑셀 파일과 워드 파일인가…….

"버전 때문에 열람 못 한다면 웃기겠지?"

"에잇, 쓸데없는 소리 하지 마!"

다행히 파일을 여는 데 문제는 없는 듯했다. 워드 문서 쪽은 무슨 공사에 관한 딱딱한 내용으로, 예산이 어떻다든가 하는 엑셀 데이터가 들어 있었다. 대충 보기에 우리에게 중요한 건 적혀 있지 않은 듯했다.

엑셀 데이터는 더 상세한 금액에 관한 것으로…… 음, 이것도 필요 없겠지?

문제는 텍스트 파일인가. 날짜를 확인해 보니 텍스트 파일이 제일 최근에 갱신됐다.

애용하는 프리 소프트의 에디터로 열었다.

아마 유키 선배가 직접 작성한 건지, 간결한 문체의 문서가 나왔다.

처음에 워드 데이트와 엑셀 데이터의 설명. 역시 그 지하 공사에 관한 것인 모양이다. 저수지로 발주됐다 나중에 사용 목적이 창고로 변경되었다나.

그것만이라면 그다지 문제는 없을 것이다. 입구가 명백하게 숨겨져 있는 것도 학생에게는 비밀인 창고를 만드는 거라면 납득은…… 가려나.

중요한 건 벽에 잔뜩 그려진 마법 문자로 짐작되는 그것이다. 돌기둥에 그려져 있던 것과 마찬가지로 뱀이 꿈틀대는 듯한 그 문자는…….

아아, 이런. 린 씨에게 미아가 촬영한 사진을 보여줬으면 되는데.

"음. 지금부터라도 보여주는 편이 낫지 않을까?"

"응, 그렇겠지. 안내원을 찾아서 린 씨에게……."

"길은 기억해. 갔다 올게."

미아가 달려 나갔다. 이런, 즉흥적이잖아. 뭐, 그녀에게 맡겨두면 괜찮다고는 생각한다.

"미아, 지나가는 사람 귀에 달려들진 않겠지……."

타마키가 걱정스러운 듯이 중얼거렸다.

"으, 으음, 괜찮을 거라고 생각해."

……그렇게 생각하고 싶다.

"정말?"

"미아를 믿자."

"믿어도 될까요?"

아리스가 고개를 갸웃거렸다. 음, 나도 불안하기만 하다.

생각하기를 그만두자.

한숨을 내쉬고 PC 화면으로 시선을 되돌렸다.

거기부터 나머지 내용은 유키 선배의 고찰이었다. 어째서 그런 게 있었던 것인가. 그건 대체 무엇인가.

상당한 비약이 섞인 고찰이 몇 가지 패턴으로 늘어서 있었다.

하지만 나는 그의 황당무계한 생각을 조금도 비웃지 않았다.

"으음, 뭐라고 하는지 잘 모르겠어. ……졸려서 그런가."

옆에서 들여다보던 타마키가 맨 먼저 고개를 들었다.

뭐, 어쩔 수 없나. 최저한의 정보는 훑어봤고.

"낮잠을 좀 잘까. 30분 정도 누워도 될까?"

"네, 그러세요. 시끄럽기는 하지만…… 이거, 아이마스크랑 귀마개예요."

스미레가 방구석에 있는 시트 더미를 가리켰다. 저기서 자라는 뜻인가 보다.

"와아, 난 카즈 선배 오른쪽! 아리스는 왼쪽에 누워!"

"타마키도 참."

우리 세 명은 새하얀 시트로 이루어진 요 위에 누웠다. 내 천(川) 자가 되어 눈을 감았다.

순식간에 의식이 어둠 속으로 떨어졌다.

제138화 공세 작전의 전황

타이머가 울려 눈을 떴다.

양 옆에서 자던 아리스와 타마키가 벌떡 고개를 들었다.

졸린 눈을 한 두 사람.

"오오, 귀엽네, 귀여워."

"하아암, 안녕히 주무셨어요."

"하아암? ……앗, 카즈 선배."

아리스도 타마키도 아직 머리가 돌아가지 않는 모습이다. 그녀들의 살짝 눌린 머리를 쓰다듬었다. 그 후 나는 고개를 흔들어 남은 잠기운을 털어냈다.

벽에 걸린 디지털시계를 보니 약 한 시간쯤 지나 있었다. 내 MP가 전부 회복되려면 앞으로 30분 정도 걸리려나.

뒤에서 키득키득 웃는 소리. 돌아보니 아리스와 타마키의 절친인 조금 통통한 소녀, 스기노미야 스미레가 바로 뒤에 서 있었다.

"아…… 미안."

"러브러브하는 거 말이에요? 절도를 지키신다면 상관없어요. 카즈 선배, 당신이 건강하다는 것만으로도 저희는 높은 사기를 가지고 싸울 수 있어요. 어젯밤에는 그래서 시키 선배가 정말 힘들어 했어요."

아, 우리가 생사불명인 채로 생이별을 해서 그런가.

그런 상태로 그녀들은 오늘을 위한 작전을 세웠다. 우리가 돌아온다고 확신하고 임무를 진행했다.

"대략 오늘 오전까지 정리한 거예요."

프린트된 다섯 장 정도의 종이 다발을 건네줬다.

항목별로 어제 저녁부터 이 땅에서 있었던 일이 적혀 있었다. 확실히 이 편이 설명 듣는 것보다 빠르겠군.

"고마워."

"천만에요."

스미레가 미소 지었다. 지금 알아차렸는데, 그녀의 눈 밑에는 진한 다크서클이 있었고, 뺨도 살짝 여윈 듯했다.

그야 피곤하겠지.

정말 살을 깎으며 이만한 일을 해준 것이다. 감사히 읽도록 하자. 아니, 그녀는 살을 조금 빼는 편이 낫다는 생각은 해도 입 밖으로는 꺼내지 않도록 하고…….

"저, 이만큼 일했으니 조금은 빠지지 않았을까요?"

스스로 말했다. 체육복 위로 뱃살을 쭈욱 잡았다.

"스미레는 스트레스로 너무 먹으니까……."

"그래, 운동해야 돼! 나랑 같이 검을 휘두르자!"

그건 그만두는 편이 나을 것 같다.

스미레, 아리스, 타마키 절친 세 명이 왁자지껄 떠드는 가운데 나는 서류를 훑어봤다.

그렇군, 흐음.

우선 도플갱어 말인데, 전이문을 지나 이 세계수로 온 케이코 씨는 도플갱어들을 주저 없이 은검으로 죽이고 그들의 피가 푸른 것을 증명했다.

그 후, 학생 전원에게 몸소 증명할 것을 요구했다. 나이프나 뭔가로 손끝을 살짝 베어 피의 색깔을 확인한 것이다.

거부한다는 선택지는 없었다. 그 뒤의 조사로 고등부 학생으로 변해 있던 도플갱어를 두 마리 퇴치했다.

또한 육예관조에는 도플갱어가 없었다.

다행스러운 일이다. 단순히 바꿀 틈이 없었을 뿐이겠지만.

적은 인원으로 계속 행동한 건 우리 정도이려나.

아리스나 타마키나 미아의 경우에는 애초에 너무 강해서 변하는 게 불가능할 테고.

그리고 그 후의 일이다. 린 씨와 유키 선배와 시키가 협의해서 빛의 백성 전체에 도플갱어 조사가 실시됐다.

푸른 피가 검출되어 정체가 드러난 자는 무려 열한 명.

모두 즉시 죽었다. 아니, 들킨 직후나 들키기 전에 자살했다고 한다. 도플갱어라는 몬스터는 신념 확고한 암살자라는 건가.

다행히 바뀐 자는 대부분이 하급 병사였다. 정부 중추에 잠입하지는 않은 모양이다.

이번 대반항 작전에 대해서는 마지막까지 비밀로 했다는 뜻이다.

다른 나라에서도 즉시 같은 검사가 실시되어 작전의 비밀이 지켜졌다는 것을 확인했다나. 하지만 역시 각국에도 소수지만 도플갱어가 잠입해 있던 듯했다.

그런 무시무시한 스파이가 지금까지 전혀 밝혀지지 않았던 것도 대단하다.

어째서 누구도 도플갱어를 눈치채지 못했을까. 그만큼 몬스터들이 일을 능숙히 진척시켰다……는 건가.

아니면 도플갱어가 나타난 건 최근?

그럴지도 모른다. 그렇다면 지금까지 비밀이 드러나지 않았던 원인도 설명된다. 그리고 우리에게 들통난 이유도.

우리가 너무 강해서 도플갱어들은 초초했을 것이다. 어떻게 해서든 우리를 해치워야 한다고 판단했다.

생각해 보면 지금까지 마왕군은 연전연승이었다고 했다.

지고 동요했다. 거기에 발목을 잡혔다.

그건 누구든지, 어떤 조직이든지 있을 수 있는 일이다.

스스로 경계해야 한다. 우리 역시 언제까지고 계속 이길 수 있을 리 없다. 이번처럼 간신히 도망치는 게 고작인 상황 역시 있을 것이다.

그런 때 사기를 유지하기 위해서는. 동요하지 않고 상처를 벌리지 않기 위해서는.

평소부터 그런 상황을 예상해 둬야 할 것이다.

도플갱어 사건도 있어서 이세계 소환조는 조금씩 빛의 백성과 협력 체제를 구축하게 되었다.

어차피 도플갱어가 날뛴다면 이세계 소환조가 아니면 대항하기가 어렵다. 특히 유키 선배와 케이코 선배, 즉 닌자 콤비가 대활약했다고 한다.

그야 늘 그 두 사람은 대활약해 왔다.

그동안 고등부조는 다른 사람이 대리로 지휘를 맡은 것 같다. 시키는 중등부조를 부려서 재빨리 이 나무 구멍을 점거하고 발전기 등도 기동시켜 정보를 정리하는 작업을 실시했다.

린 씨에게 지도를 받아서 스캐너로 뜨고 PC에서 화상 소프트를 사용해 적절히 수정하고 프린트한 것을 작전 회의에서 썼다는 얘기도 있었다. 덕분에 오늘 작전은 각국 수뇌부가 놀랄 만큼 제대로 된 것이 완성됐다나.

시키, 정말 장난 아니구나…….

그렇다 하더라도 임시로 참가한 우리 이세계조가 각국 부대에 잘 섞여 싸울 수 있다면 참 다행스러운 일이다. 연계가 되지 않으면 아무리 강력한 부대라도 장난감 군대다.

우리는 아라크네전에서 그것을 피하기 위해 고작 다섯 명으로 적 대장의 목을 치러 간다는 무모한 짓을 했지만…….

그건 정말로 정예인 우리니까 할 수 있었던 일이다. 그리고 빛의 백성이 임기응변으로 대응해 시간을 열심히 벌어준 것도 있고.

물론 시키 일행은 그걸 잘 이해하고 있다. 닌자 콤비에게 의지하지 않고 싸우기 위해서 오늘의 작전을 세세한 부분까지 검토했다.

그래도 결국 급조한 연합군으로 힘겨운 싸움을 하기는 어렵다는 판단을 받아서.

이세계 소환조는 고등부조와 육예관조로 나뉘어 각각의 땅에서 예비 부대로 취급받게 되었다.

로운의 지저 신전에는 고등부조가.

갈 야스의 폭풍 사원에는 육예관조가 파견됐다고 한다.

인원수는 고등부 쪽이 많지만, 전체적인 숙련도는 육예관조 쪽이 위다.

다만 고등부에는 유키 선배와 케이코 씨가 있으니까 종합적인 섬멸 능력은 그들 쪽이 위지만.

어느 쪽이 불리해지면 다른 한쪽으로 모든 전력을 쏟아부을 생각이었던 것 같다.

그것도 우리가 없는 경우의 이야기. 우리가 세계수로 귀환했으니 적의 배후를 찌르는 역할은 우리로 확정이다.

따라서 우리 다섯 명은 세계수에서 대기하며 증원이 필요한 상황을 기다리게 됐다.

그를 위한 텔레포트 네트워크는 린 씨를 비롯한 사람들이 빈틈없이 준비하고 있다 한다.

통신망도 지금은 거의 문제없다나. 실시간으로 전황을 파악하고 있는 듯했다.

더구나 각 지휘관에게 무전기가 건네져 있어서 전황 파악에 큰 힘을 발휘하고 있다고 한다.

무전기. 숲속에서는 조금 아쉬웠지만 그야 사용 방식에 따라서는 편리하겠지.

적어도 사역마로 정보를 전달하는 것보다는 훨씬.

"있잖아, 카즈 선배. 어떤 느낌이야?"

"지금은 순조로운 것 같아."

"그렇구나, 다행이네!"

타마키는 태평하게 웃었다.

순조롭다고 해도 피해는 상당한 것 같고, 적에게 아직 신병급이 등장하지 않았다는 것뿐일지도 모르겠지만……

거기까지 그녀에게 설명해 불안을 부채질할 필요도 없나.

어제도 느꼈지만, 신병급이 나온 경우에 공격 계열의 스킬이 없는 케이코 씨는 싸우기 힘들다. 그녀는 잔챙이 학살 전문이리라.

아니, 그레이터 닌자에게는 엘리트 오크나 오우거가 잔챙이인 시점에서 이래저래 이상하지만 말이다.

그래도 제네럴 오크 이상은 어렵다고 생각한다.

게다가 랭크 9에 상당하는 능력을 가진 40 레벨 전후의 신병급이 되면…… 찰과상도 못 입히지 않을까.

그렇게 되면 의지할 수 있는 전력은 고등부에서는 유키 선배 정도인가.

중등부는…… 나가츠키 사쿠라가 아슬아슬하게 들어가려나? 아니, 지금 그녀가 얼마나 강해졌는지 몰라도 어려울 것 같다……

신병급이 상대라면 레벨 낮은 사람은 몇 명을 모아도 순식간에 쓸려나가는 게 뻔한 결말이다. 역시 우리가 나설 수밖에 없겠지.

"슬슬 시간 됐네요."

스미레가 말했다. 뭐야, 하고 그쪽을 보니 그녀는 벽에 걸린 시계를 보고 있었다.

"시키 선배가 시간이 되면 깨우라고 했어요. 옆 나무에서 자고 있으니 지금 불러올게요."

"아, 잠깐만."

달려 나가려는 스미레를 불러 세웠다. 그녀는 "네?" 하고 이쪽을 돌아보려다 자세가 무너졌고, 나동그라질 뻔한 것을 아리스가 부축했다.

"내가 갈게. 으음…… 아리스, 따라와. 타마키는 여기서 미아나 루시아를 기다려 줘."

"알았어, 맡겨줘!"

아리스와 눈짓을 교환했다. 실은 시키와 둘이서 본심을 털어놓는 얘기를 하고 싶었던 것이다. 아리스는 그 심정을 짐작했는지 고개를 살짝 끄덕였다.

둘이서 육예관조의 임시 사령실이 된 나무 구멍을 나왔다.

아리스는 "저기" 하고 매달리는 듯한 눈으로 나를 봤다.

"시키 선배에게 이상한 장난을 하는 건…… 저기, 그만두는 게……."

"그런 짓 안 해."

아이콘택트는 아무것도 전하지 못한 듯했다. 나는 어깨를 늘어뜨렸다.

◆ ◆ ◆

옆 나무는 좀 더 작았다. 나무 구멍 입구에 잿빛 천이 드리워져 내부를 가리고 있었다.

"카즈 선배는 거기서 기다려 주세요."

아리스는 천을 걷고 나무 구멍 속으로 들어가더니, 시키를 데리고 바로 나왔다.

"어머, 뭐야, 카즈 군. 잠들어 흐트러진 내 모습을 보고 싶었어?"

시키는 빈정거리며 웃었다. 이보셔…….

빈정거리며 말할 수 있을 정도의 기운이 있는 거라면 다행이지만 말이다.

제139화 린의 사역마에 의한 정찰

스미레의 리포트를 읽은 감상을 시키에게 전했다.

"내 쪽에서 보충할 건 특별히 없어."

그녀는 허리에 손을 대고 만족스럽게 고개를 끄덕였다.

"너희 얘기를 해줄래?"

"단편적인 정보만 너무 많아서 우리도 아직 정확히는 모르겠지만……."

나는 나무 위 다리를 건너며 어젯밤부터 오늘에 걸쳐 일어난 사건을 간략하게 설명했다. 특히 중요한 건 유키 선배의 메모에 있던 고등부 운동장 지하의 공동에 관한 것이다.

"그 사람, 나한테는 그런 거 하나도 안 말했어."

"당장 중요한 일이 아니니까. 우선은 오늘을 넘기고 하자고 생각했을지도 몰라. 혹은 단순히 잊어버렸을지도 모르고."

"그 닌자에 한해서 그런 일은 있을 리가 없어."

"응, 나도 그렇게 생각해."

그 후 사천왕 중 한 명인 자가라지나와 교전한 것을 얘기했다.

"용케 살았네."

실례되는 소리를.

아니, 실제로 엄청나게 위험했다.

"타마키는 진짜 죽을 뻔했어."

"그래도 전원이 여기로 돌아왔으니까 대단해."

나도 그렇게 생각한다. 운이 좋았다. 그런 줄타기는 두 번 다시 사양한다.

곧 린 씨의 집……이랄까 나무 구멍에 도착했다.

문 대신인지 컬러풀한 천이 입구를 가리고 있었다.

시키가 그곳을 지키는 병사와 얘기를 나눴다. 저쪽도 그녀를 아는지 아주 정중하게 대응했다.

병사가 나무 구멍 안으로 말을 걸었다. 바로 대답이 왔다.

"들어가도 된다고 합니다."

"고마워요."

시키부터 포렴 끝을 들고 나무 구멍 안으로 들어갔다.

나와 아리스도 뒤따랐다.

어제와 같은 배치의 방 안에는 린 씨와 루시아, 그리고 미아 세 명이 있었다.

린 씨와 루시아가 마주 보고, 방석 위에 책상다리를 하고 앉아 있었다.

그리고 미아는 린 씨의 꼬리를 행복한 듯이 문지르고 있었다.

"으음~ 지극한 행복, 정말 행복하오……."

너, 왜 안 오나 했더니……. 그리고 그렇게 문지르지 말라고 했는데.

"아뿔싸, 카즈치다! 볼일이 생각났어, 안녕!"

"아리스. 헤이스트."

"네, 잡아 올게요."

잽싸게 도망치려 한 미아를 붉은 빛에 둘러싸인 아리스가 쫓아갔다. 아리스는 미아의 목덜미를 붙잡아 말썽을 부린 고양이 대하듯이 들어 올려서는 데려왔다.

"악의는 없었다옹."

"너 말이야, 외교 문제가 되니까 그런 짓 하지 말라고 했잖아."

"린치는 괜찮다고 했는데?"

나는 린 씨에게 다시 몸을 돌려서 사죄의 말과 함께 머리를 숙였다. 린 씨는 웃으며 "괜찮습니다. 악의가 없는 것은 알고 있으니" 하고 대답했다.

"하지만 꼬리를 쓰다듬는 모습을 남성에게 보이는 건 조금 부끄럽네요."

"즉, 더 문지르라는 거지?"

"미아, 당신은 무척 현명한데…… 때때로 이야기가 안 통하네요."

빛의 백성의 리더는 어이없어했다. 하지 말라는 말을 하라는 뜻으로 알아듣는 문화에 대해 설명할까 말까 망설인 끝에 가만히 있기로 했다.

시키가 미아의 이마를 때렸다.

"자중해."

"네, 보스."

이봐, 네 보스는 나잖아. 쉽게 시키에게 굴복할 줄이야,

한심한 녀석.

"앉으세요, 정보를 정리하죠."

린 씨의 말에 따라 우리는 방석에 앉아서, 둘러앉은 린 씨와 루시아의 일원이 됐다.

중앙에 물이 적당히 담긴 통이 있었다. 통의 높이는 바닥에서 50cm 정도.

"우선 첫 번째. 자가라지나가 있는 곳이 판명됨으로써 마왕의 네 간부 모두의 소재가 확인되었습니다."

네 간부. 사천왕이라고도 불리는 녀석들. 우리가 간신히 도망친 자가라지나는 그중 한 명에 지나지 않는다.

그런 녀석이 앞으로 세 명이나 있다. 아니, 세 마리……인가? 무서운 얘기다.

희생을 얼마나 치러야 그런 걸 쓰러뜨릴 수 있는 걸까.

"다행히 그건 갈 야스의 폭풍 사원과 로운의 지저 신전이 아니에요."

"낭보네."

"사천왕의 소재지는 성도 아카샤, 하르란의 첨탑, 당신들의 학교 산. 그리고 마지막 한 마리는 이 세계수를 공격하는 부대에서 확인되었어요."

더 위험했다.

아니, 앞쪽 두 마리는 수비대가 자폭할 테니까…… 잘 끌어들이면 죽일 수 있는 건가?

문제는 이 세계수에도 자가라지나급이 오고 있다는 것

일까.

"현재 그들로서도 이 세계수의 결계를 깰 수 없어요. 외연부는 점거됐지만 이쪽이 틀어박혀 있는 만큼 세계수 본체에 손을 댈 수 없는 겁니다."

그렇군, 방위전에는 빛의 백성이 유리하다는 건가.

어제처럼 중심부 외에는 서서히 먹히고 있으니까 낙관할 수만은 없겠지만.

그리고 린 씨가 우리 중앙에 놓은 물통을 응시하며…… 무슨 주문을 외우기 시작했다.

통 속 물이 흔들렸다.

수면에, 비구름 아래에서 몬스터와 싸우는 병사들의 광경이 떠올랐다.

어딘가의 상공에서 본 조감 영상 같은 것이었다.

"제 사역마가 보고 있는 광경입니다."

내 마법으로 말하자면 리모트 뷰잉을 이 수면에 영사한 건가.

리모트 뷰잉의 응용 같은 느낌이려나. 나는 그런 응용을 전혀 할 수 없지만.

우리는 스킬을 얻는 것만으로 강해지지만, 그 힘은 응용할 수 없다.

하얀 방 시스템의 장점이자 단점이다. 마법에서는 이 제한이 특히 심하게 드러나는 것 같다.

전투에서는 어느 정도 잔기술이 통한다. 하지만 이렇게

전투 이외의 상황에서 활용할 때는 린 씨처럼 제대로 수행한 마법사가 나을 것이다.

"이건 갈 야스의 폭풍 사원으로 간 양동 부대입니다."

병사들은 온몸을 갑옷으로 두른 인간.

적은 오크나 홉고블린, 그리고 본 적도 없는 녹색 피부의 몬스터나 이족 보행의 도마뱀 같은 몬스터. 양쪽 다 엄청난 수다.

병사도 몬스터도 잇달아 부상을 입고 쓰러져 갔다. 하지만 그럼에도 한 걸음도 물러서지 않는다.

매는 그런 참혹한 광경을 내려다보면서 광장을 통과했다.

사역마가 고개를 들었는지 영상이 앞쪽으로 향했다. 그 방향에 먹구름에 둘러싸인 건물이 있었다.

저게 폭풍 사원인가.

단단하고 높은 벽에 둘러싸여 있어서 사원 내부는 잘 보이지 않는다. 하지만 언덕 전체를 차지하고 있는 모습을 보면 상당히 거대한 건물이라는 건 알 수 있다.

작은 마을 정도의 규모는 되지 않을까.

사원 주위 지면에 몇 번이고 몇 번이고 번개가 내리쳤다.

우와아, 저래서는 다가갈 수 없잖아. 아니, 부여마법으로 어떻게…… 되려나.

"폭풍 사원 주위의 낙뢰를 막으려면 이 호부를 몸에 지녀야 합니다."

린 씨가 목걸이를 보여줬다. 여섯 개가 있었다. 끝부분에는 무지개색으로 빛나는 엄지손가락 크기의 수정이 달려 있었다.

"여섯 개가 있다는 건…… 우리랑 또 누구죠?"

"나, 이려나."

시키가 목걸이를 하나 받아 목에 걸었다. 살짝 보인 하얀 목덜미가 요염하다. 그런 생각을 하고 있는데 옆에 앉은 아리스가 허벅지를 쿡 찔렀다.

"왜, 왜 그러시나요, 아리스 씨?"

"저기…… 아니, 아무것도 아니에요."

고개를 휙 돌리는 아리스.

이 질투는 상이군요. 그런 생각을 하고 있는데 미아가 여봐란 듯이 기침을 했다.

"응. 얘기를 되돌리자."

"분위기 파악 좀 해."

"이제 슬슬 카즈치의 MP도 가득 찰 거야."

그러고 보니 그랬다.

수면에 비쳐진 광경 속에서 사역마는 선회하며 무언가를 찾는가 싶더니…… 겨우 시야가 안정됐다.

고도가 낮아졌다.

체육복 차림의 소녀들 한 무리가 보였다. 아아, 육예관조를 찾고 있었던 건가.

한 소녀가 고개를 들고 이쪽을 봤다.

나가츠키 사쿠라다. 그녀가 뻗은 창끝에 사역마가 착지

했다.

"유리코 선배. 좌측 전장에서 신병급이 출현했다는 정보."

그녀의 목소리가 들려왔다. 오오, 소리까지 연결되는 건가. 아니, 주위의 잡음은 들리지 않으니까 필터 기능까지 있는 건가?

"이거, 직접 대화할 수 있나요?"

린 씨에게 물어봤다. 그러자 물에 비치는 사쿠라가 조금 기쁜 듯이 웃었다.

아니, 조금 놀랐을 뿐인가? 그녀의 경우 평소부터 표정에 그다지 변화가 없으니까.

"카즈 선배, 인가요?"

조금 확신이 부족한 사쿠라의 목소리가 들렸다. 전화 같다. 아무래도 린 씨의 대답을 들을 필요도 없이 쌍방향 대화가 가능한 모양이다.

"아아, 맞아. 날 포함한 전원 무사히 돌아왔어. 너희는 어때?"

"지금 손실은 제로."

손실이라고 말하지 않아 줬으면 하는데. 물론 그런 각오로 그 땅에 가 있겠지만.

"그래서 사쿠라. 신병급은?"

"아직 명확한 정보는……."

그때 사쿠라가 옆을 돌아봤다. 누군가와 얘기하기 시작했다.

"새로운 정보. 서쪽에 전개해 있던 부대가 메키슈 그라우 두 마리와 교전 중."

"진짜냐……."

으엑, 그게 동시에 두 마리라니. 이 나라 사람들이 어떻게 상대할 수 있으려나.

아니, 연합군 역시 정예를 투입했을 터다. 어쩌면 우리에 필적하는 전력을 보유하고 있을지도 모른다. 신병급도 쓰러뜨릴 힘이 있을지도 모른다.

"위험하네요. 서쪽은 전멸할지도 몰라요."

린 씨가 간단히 말했다. 아, 그 정도 전력이로군요.

"저희가 나갈 차례인 건가요."

"부탁드립니다."

나는 아리스, 미아, 루시아와 마주 고개를 끄덕인 후 일어섰다.

시키가 "나도 갈게" 하고 일어섰다.

"딱히 만용을 부려서 메키슈 그라우와 싸우려는 게 아니야. 육예관조 지휘를 맡을 뿐. 내가 뒤에 있는 편이 카즈 군, 너도 움직이기 쉬울 거야."

대단한 자신감이다.

하지만 실제로 그녀가 뒤에서 지휘해 주는 것만으로 내 심리적인 부담은 상당히 가벼워진다. 생사를 가르는 판단을 늘 계속하는 건 상당한 스트레스이기 때문이다.

이것 참, 이런 건 알고 싶지 않았는데…….

레벨업을 거듭해 일반인의 몇 배나 튼튼해졌을 텐데도, 실제로는 아까 쪽잠을 자야 할 만큼 나는 지쳐 있었다.

"그럼 뭐. 가볼까, 폭풍 사원으로."

머릿속에서 메키슈 그라우 두 마리와 싸우는 계산을 하면서 표면적으로는 밝게 고개를 끄덕였다.

으음, 그런데 말이야, 그런 괴물이 두 마리란 말이지…….

어떻게 싸울지 좀 생각해 봐야겠어.

제140화 천둥 치는 황야

스미레 일행에게 배낭을 받았다.

안에는 쌍안경과 카메라, 나이프와 같은 일반적인 장비에 비상식량 등도 들어 있다고 한다. 특히 초콜릿 계열의 과자는 남은 수가 적어도, 아까워하지 말고 남에게 나눠 주라고 했다.

"현지 병사나 지휘관과의 사소한 커뮤니케이션용이야. 잘 써주면 좋겠어."

시키가 말했다. 들어보니 어제도 그렇게 말단 병사들을 회유한 모양이다.

우리도 경험한 일인데, 단맛의 뇌물은 강력하구나.

루시아가 과자를 빤히 바라보고 있었던 것은 모른 척했다.

◆ ◆ ◆

매번 찾아오는 현기증과 함께 텔레포트한 곳은 습하고 불쾌한 바람이 휘몰아치는 황야였다.

조금 쌀쌀하다. 바람을 타고 희미한 썩은 내가 감돌았다.

먹구름 아래, 북쪽을 바라보니 약간 높은 언덕 위, 또 높은 벽에 둘러싸인 건물이 있었다.

저것이 갈 야스의 폭풍 사원이다.

실제로 보니 뭔가 정체를 알 수 없는 위압감이 있었다.

사원 위에는 한층 더 검은 구름이 끼어 있었다. 끊임없이 번개를 계속 떨어뜨리는 그 구름은 1년 내내 그 자리에 머물러 있다고 한다.

폭풍 사원이 강대한 마나 스폿이기 때문이며, 이 대륙에 박힌 다섯 개의 쐐기 중 하나라는 증거다.

과거에 해저에 있었다는 이 대륙을 지상에 붙들어 매는 쐐기의 신전이다.

세계수와 동등한 가치가 있는 이 땅은 5년 전 몬스터들의 손에 떨어졌다.

그 후 몬스터들은 이 땅의 수비를 굳혔다고 한다. 그들에게도 쐐기의 신전은 중요 시설인 것이다.

다만 몬스터는 이 땅을 이형으로 변화시키지 못했다.

오염시킬 수 없었던 것일지도 모른다고 린 씨는 말했다. 쐐기의 신전으로서 가진 힘이 이계화를 막아내고 있는 게 아닌가 하고.

우리는 이계화한 땅을 보지 못했으니까 아무 말도 할 수 없었다. 조만간 싫어도 보게 될 것 같은 기분이 들지만…….

그런 건 나중에 생각하면 되나.

"여기에서 북서쪽 2km 지점에 육예관조가 있어. 우선 거기를 목표로 하자."

시키가 말했다.

"육예관조와 합류하면 내가 사쿠라와 교대할게."

"즉, 나가츠키를 이쪽 파티에 넣는다는 거야?"

"상대는 신병급이 두 마리잖아. 사쿠라라면 공격을 막는 역할 정도는 할 수 있을 거야."

시키는 냉정한 목소리로 말했다.

나는 거기에 대답하지 않고 미아에게 디플렉션 스펠을 썼다. 미아가 플라이를 사용해 전원이 하늘로 날아올랐다.

"잠깐만, 무슨 말 좀 해."

"그 애를 버리는 말로 쓸 생각은 없어."

"버리는 말이 될 만큼 지금의 그 애는 약하지 않아. 창술은 랭크 7이 됐고."

어, 진짜? 몬스터를 얼마나 쓰러뜨린 거지?

"어제 심야에 숲 외연에 들어온 몬스터를 쫓아내는 작전이 있었어. 그 애는 거기에 지원군으로 참가해서 굉장한 전과를 올린 거야."

"지원이라……."

여전히 무모한 짓을 한다.

그녀답다고 하면 그녀답지만.

몬스터를 증오한 나머지 계속 나서는 건가.

그런데 창술이 랭크 7이라…….

어떻게 된 거지? 랭크 7이 신병급을 상대하다니.

어제 메키슈 그라우와 싸웠을 때는 아리스가 창술 랭크 6, 타마키가 검술 랭크 8이었다. 아리스는 서포트조차 벅찼고, 메인 공격수가 된 타마키도 고전을 면치 못했다고 생각한다.

"그래도 역시 우리 다섯 명만 갈게. 괜찮아, 어렵다고 생각하면 물러날 테니까."

"알았어. 육예관조는 정예 부대가 사원에 돌입한 뒤에 본대를 지원하게 될 거야."

시키는 목에 건 호부를 살짝 들었다.

"너희는 정예 부대가 사원 내부에서 고전하면 그쪽으로 가줘. 아니면 외부의 강적을 줄이는 역할이야."

"사람을 너무 험하게 부리는 거 아냐?"

"최대 최강의 전력이잖아. 열심히 굴려 줄게."

서로 얼굴을 마주 보고 어깨를 으쓱거렸다.

"가능하면 메키슈 그라우를 처리한 뒤까지 생각해 줘."

"말도 안 되는 소리를."

신병급이 메키슈 그라우만 있다고 할 수 없으니까 지휘관으로서는 당연한 판단일지도 모르지……만.

"가혹한 지시를 하는 건 알아. 어디까지나 희망사항이야. 위험하다고 생각하면 가차 없이 전력으로 해."

"응, 뭐, 그건 알아. 비장의 카드는 몇 개 있지만…… 전부 쏟아붓는 것도 위험하겠지."

어차피 우리와 이세계 인류군은 운명 공동체다. 이 대륙이 가라앉으면 모두 죽는다.

그렇다면 아무리 무모하더라도 해야 할 일을 할 수밖에 없나…….

시키가 내 어깨를 톡 두드렸다. 얼마 전까지 내게 다가오

는 것조차 몸을 떨었는데 대단한 회복력이다, 라고 생각하고 있는데…….

"이 작전이 잘 되면 상을 줄게."

시키는 빙그레 웃으며 그렇게 말했다.

"상이라니, 뭔데?"

"실은 카즈 군의 하렘에 들어가고 싶다고 각국의 아름다운 공주들이……."

"그런 건 사양할게. 아니, 알고 말하는 거지?"

나는 이 녀석이, 하고 그녀를 노려봤다.

◆ ◆ ◆

시키에게 안내받은 장소에는 육예관조 소녀가 세 명 있을 뿐이었다. 나머지는 북북서에서 몰려오는 몬스터를 요격하러 향했다고 한다.

메키슈 그라우가 날뛰고 있는 탓에 그쪽 몬스터를 저지할 부대가 괴멸 상태에 빠져서 전선이 연쇄적으로 위험해졌다고 한다.

"벌써 경험치가 잔뜩이겠네. 부러워."

미야가 중얼거렸다.

"우리도 경험치 벌고 싶다웅."

"하고 싶은 말은 잘 알겠지만, 육예관조 애들 실력을 올리는 것도 필요한 일이잖아."

"아아, 스틸이라도 하고 싶어."

게임이 아니니까 시간도 몬스터도 유한한 건 확실한데 말이야.

"모두의 실력을 향상시키면 그만큼 우리가 편해져."

"응. 확실히 사쿠라 찡이 랭크 8이 되는 건 상당히 커."

우리는 우리만 할 수 있는 일을 하자.

그것이 전체의 승리로 이어지고, 결과적으로 우리의 생존으로도 이어진다.

"그러면 조심해 다들."

시키가 파티에서 떠났다.

우리는 그녀에게 고개를 끄덕이고 육예관조에게 손을 흔든 다음 다시 하늘로 날아올랐다.

고도는 최대한 낮게 잡고 적에게 발견되지 않도록 주의하면서 북서쪽을 목표로 했다.

"있잖아, 카즈 선배. 그래서 메키 공이랑 어떻게 싸울 생각이야?"

메키 공이라고 하지 마.

타마키, 너까지 미아처럼 되지 말라고…….

"저기, 나한테 좋은 생각이 있어. 내가 한 마리를 상대하는 동안 남은 모두가 다른 한 마리를 상대하는 거야."

갑자기 "나한테 좋은 생각이 있어"라고 말해서 어떤 플래그인가 했더니…….

"전력을 봤을 때는 그게 타당하려나."

검술 랭크 9인 타마키는 이중에서 유일하게 신병급과 일대일로 붙을 수 있다.

"사역마 각성은 되도록 보존해야지."

그녀의 말대로 사역마 각성을 사용하면 메키슈 그라우를 사역마 한 마리로 상대할 수 있을지도 모른다. 하지만 시키의 말대로 전력은 보존하는 게 바람직하다.

우리는 현재 비장의 카드가 두 장.

내 사역마 각성과 루시아의 마력 해방이다.

"사역마 각성과 마력 해방 중 하나는 여기서 쓸 거야."

"어, 하지만."

"비장의 카드를 쓰지 않고 메키슈 그라우를 쓰러뜨릴 수 있을지도 모르지만, 위험하기도 하고 무엇보다 시간이 걸려. 되도록이면 신병급과의 싸움은 빠르게 끝내고 싶어."

전장이 여기만 있다고는 할 수 없다. 어쩌면 고등부조가 지원하러 가 있는 로운의 지저 신전에도 원군이 필요해질지도 모르는 것이다.

지금 여기서 신속하게 움직이는 쪽이 모든 작전이 성공하는 쪽으로 공헌할 가능성이 높다.

"하지만 고등부에는 닌자가 있잖아?"

"닌자는 만능이 아니야. 그리고 케이코 씨는 보스전에서 의지할 수 없어."

"아, 그렇구나…… 무기 스킬이 없으니까."

타마키가 이렇게까지 제대로 된 작전을 세우다니…… 나

는 네 성장이 기쁘다.

나도 모르게 타마키의 머리를 쓰다듬었다.

"결국 네가 가장 강한 녀석과 싸우게 될 거야. 의지하고 있어."

"응, 열심히 할게!"

타마키는 헤헤 웃었다. 태평한 미소지만 이래 봬도 그녀는 가장 의지할 수 있는 동료다.

"그럼 카즈치, 어느 카드를 쓸 거야?"

"확실하게 적을 쓰러뜨리려면 역시 사역마 각성이지만."

메키슈 그라우 한 마리를 환랑왕 샤 라우의 사역마 각성으로 막는 동안 남은 전원이서 나머지 한 마리를 쓰러뜨린다.

타마키와 아리스가 전위에 서고 미아와 루시아가 화력을 집중하면 아무리 그 괴물이라 해도 그리 길게는 버티지 못할 것이다.

한 마리를 쓰러뜨린 뒤에는 남은 한 마리를 차분하게 해치울 뿐이다.

아마 이것이 가장 확실성 높은 작전이리라. 루시아의 마력 해방은 그녀의 몸에 강한 부하를 거는 것 같고…….

하지만 그건 훗날 쓸 전술의 폭을 좁히는 선택이다.

내 MP와 루시아의 MP, 어느 쪽을 남기는 게 앞으로 고를 선택지의 수가 많은가.

그런 건 생각하지 않아도 명확했다.

"루시아. 마력 해방을 최대로 날려줄 수 있어?"

"네, 알겠습니다."

루시아는 즉시 고개를 끄덕였다. 왠지 의욕으로 가득 차 있는 것 같았다. 실제로 그녀가 상당한 각오를 가지고 이 싸움에 임하고 있다고는 생각한다.

"카즈 선배, 그래도 괜찮나요?"

아리스가 걱정스러운 듯이 말했다.

"원거리 포격으로 확실하게 대미지를 줄 거야. 한 발로는 못 쓰러뜨릴지도 모르니까 가능하다면 두 번째도 부탁해. 네 MP는 그걸로 바닥날지도 모르지만…….."

"그게 가장 빨리 메키슈 그라우를 처리할 수 있는 방법이라는 뜻이군요."

루시아의 말대로다.

메키슈 그라우는 원거리 공격형 겸 범위 공격형 몬스터다. 그런 상대의 품으로 갑자기 뛰어드는 건 위험이 크고, 경우에 따라서는 장기전으로 끌려갈 우려도 있다.

그것보다는 원거리에서 상대를 무너뜨려서 상대가 꼼짝 없이 근접 전투로 끌려 들어오도록 대처하는 편이 훨씬 편하게 싸울 수 있을 것이다.

저번 메키슈 그라우 전에서는 처음 보는 몬스터이기도 해서 상대의 홈그라운드에서 싸우는 일이 없게 주의하며 싸웠다.

이번에는 반대로 상대의 특기를 제압해 불리한 싸움을 강요한다.

그것은 우리가 크게 강해졌기 때문에, 강자가 됐기 때문에 가능해진 작전이다.

우리의 홈그라운드에서 싸울 수 있다면 그게 가장 좋다.

"다행히 메키슈 그라우는 지금 패잔병에게 정신이 팔려 있다고 해. 우리는 이대로 저공비행해 루시아의 공격마법 사정거리까지 은밀하게 접근할 거야."

나는 계획을 전달했고, 모두 힘차게 고개를 끄덕였다.

제141화 신병급 두 마리 1

시키 일행과 헤어진 후 우리 다섯 명은 사원을 두 시 방향으로 바라보며 계속 날았다.

먹구름도 자욱하고, 보기에 아무것도 없는 황야다. 지금은 저공비행을 하느라 진행 방향에 있는 언덕에 시야가 가로막혀 앞쪽 경치가 보이지 않는다.

그 언덕 저편의 하늘이 순간 붉게 물들었다.

직후, 왼편에서 연속으로 일어나는 폭음.

몇 초 후, 강한 바람이 우리를 덮쳤다.

폭풍이다. 알고 있었기 때문에 자세가 흐트러지지는 않았다. 그대로 계속 날았다.

"메키슈 그라우의 위치, 알 것 같네."

"응. 지금 건 틀림없이 그 녀석들의 파이어 빔이야."

파이어 빔이라고 하지 마. 그거, 활에서 발사되는 불화살인 사염격이잖아.

메키슈 그라우가 이 언덕 건너에서 날뛰고 있는 것이다.

병사들은 필사의 저항을 계속하고 있는 건가.

아니면 이미 궤주 상태라 저 괴물들이 토벌하고 있을 뿐인 걸까.

어느 쪽이든 미끼에 정신이 팔려 있는 지금이 기회다.

"병사들을 구해야 돼……."

나는 그렇게 중얼거리는 아리스의 어깨에 손을 얹고 고개를 저었다.

"아리스. 너는 우리를 지키는 걸 가장 먼저 생각해 줘."

"하, 하지만."

"네가 착한 애인 건 다들 알고 있어. 하지만 우선순위를 매겨. 우선 내 명령이 절대적이야. 누구의 목숨을 구하는 것도 버리는 것도 내가 결정해. 알았지?"

이것은 절대적인 확정 사항이다.

사람의 목숨의 가치를 결정할 권리도, 책임도 모두 리더인 나의 것이다.

아리스, 그리고 걱정스럽게 이쪽을 돌아보는 타마키. 너희한테는 일말의 책임도 지게 하지 않아. 그러니까 모르는 우군에게 쓸데없는 자비를 보이지 말아 줘.

그런 생각으로 사랑하는 소녀를 응시했다.

아리스가 "하지만" 하고 말하다가 바로 입을 다물었다. 긴장한 얼굴로 고개를 끄덕였다.

나는 웃으며 그녀에게서 떨어졌다.

대신 루시아가 다가왔다.

"당신들은 서로를 이해하고 있군요."

"서로에게 빠져 있거든."

"그 견해 말입니다만, 우수한 지휘관과 부하는 모두 연애 관계가 되는 건가요?"

나는 무심코 굴강한 남자끼리 부둥켜안은 모습을 떠올리고 말았다.

…………

죄송합니다, 제가 잘못했어요.

"응. 호모네."

너는 쓸데없는 소리 하지 마!

"나와 아리스는 첫날부터 계속 싸워 왔어. 죽인 몬스터의 수는 상당할 거야."

"그렇군요. 당신들의 시간은 하루하루 아주 농밀했던 거네요."

"루시아, 너와도 벌써 이렇게 만 하루 가까이 같이 보내고 있어."

"네. 함께 있는 시간이 늘어날수록 한층 더 느낍니다. 당신들 네 명 사이에 존재하는 그…… 강한 유대를."

그렇겠지, 하고 나는 생각했다. 특히 첫째 날과 둘째 날은 이런저런 일이 너무 많았다.

루시아는 그런 우리를 어떻게 생각하고 있을까.

조금 생각해봐야 할지도 모른다.

나는 고개를 저었다. 하지만 그건 나중에 해도 된다.

"보였어."

자신에게만 그레이터 인비저빌리티를 걸고 약간 고도를 높인 미아가 외쳤다.

"전방, 몇 km인가는 모르겠지만 그 앞 언덕을 넘어 조금 앞. 군대가 도망치고 있고, 메키 땅이 달려가 그걸 부수는 느낌."

메키 땅이라고 하지 마.

상황은 거의 예상대로인가. 한 군대가 고작 두 마리를 상대로 괴멸하는 건 참으로 처참하지만…….

메키슈 그라우는 아마 대군용 몬스터일 것이다. 소수로 다수를 유린하기 위해 존재하는 존재. 일반 병사가 대항하는 게 어리석다.

문제는 그래도 일반 병사로 맞설 수밖에 없었던 각국 연합군의 얇은 인재층일 것이다.

우리가 없으면 이대로 괴멸할 수밖에 없었다.

그래도 좋다고 생각한 건가.

연합군의 주력은 사원 내부로 돌입하는 부대다.

메키슈 그라우만큼 거대한 몬스터는 사원 안으로 들어올 수 없다.

주 전장이 사원 내부로 옮겨지면 메키슈 그라우로부터 자유로워진다. 그렇다면 그때까지 시간을 벌기 위한 제물을 바치면 된다.

우리가 오기 전이라면 그런 판단을 했을 것이다.

병사들에게는 안 됐지만 오늘 작전을 실패하면 대륙 자체가 끝장이니……. 우리 전원이 죽는다.

"루시아."

나는 옆을 나는 소녀에게 몇 가지 지시를 내렸다.

"위험할 것 같으면 작전은 중단이야. 총력전으로 해치워."

"네."

언덕을 넘으면 전투 개시다. 여기서부터 승리의 열쇠가 되는 것은 더 빠르게 움직이는 쪽이겠지.

◆ ◆ ◆

저번 싸움을 바탕으로 판단했을 때 메키슈 그라우의 감지 방식은 시각과 초시각일 것이다.

연기 속까지 내다볼 수 있는 느낌은 아니었다고 생각한다.

그레이터 인비저빌리티는 시험해 보지 않았지만, 신병급에게 그런 것이 통한다고는 생각할 수 없다.

하지만 우리의 믿음직스러운 사역마, 환랑왕 샤 라우에 의하면 초시각에는 거리 제한이 있다고 한다.

아마 30m 정도, 혹은 우수한 몬스터라면 그 두 배 정도인가.

불마법은 사정거리가 길다. 초시각의 범위 밖에서 일격을 가할 수 있다.

그러니까 100m 지점까지 그레이터 인비저빌리티로 접근해 마력 해방을 최대 배율로 쓰게 한다.

사용할 마법은 단일 개체 공격력을 중시한 플레임 커터 (flame cutter)다.

랭크 8의 이 마법은 불꽃에 휩싸인 칼날을 생성한다. 마나의 칼날은 모든 것을 녹이고 자른다. ……아마도.

다만 이 마법은 다른 것과 달리 술사가 겨냥해 발사할 필요가 있다.

이른바 대궁과 같은 느낌인 듯하다.

다행히 루시아는 활도 다룰 수 있었다. 하얀 방에서 활을 소환해 시험해 보게 하니, 그 방의 끝에서 끝까지라면 이쑤시개까지 명중시켰다.

루시아가 말하기를 100m 이내라면 거의 백발백중이라고 한다.

그렇다면 그녀가 자신 있는 그 100m 거리에서 쏘게 한다.

언덕 정상 부근에서 일단 스톱.

우선 루시아에게 디플렉션 스펠을 걸었다.

루시아가 레지스트 파이어를 확대해 파티 전체에 걸었다.

이것은 어디까지나 보험이다. 다시 미아에게 디플렉션 스펠을 걸었다. 미아가 파티 전체에 확대된 그레이터 인비저빌리티를 사용했다.

전원이 투명해져서 시 인비저빌리티를 건 나 외에는 서로가 사라져 보일 터다.

"가겠습니다."

모습이 사라진 직후, 루시아가 전력으로 날아갔다.

"이쪽도 가자."

나는 타마키와 아리스의 손을 잡았다. 미아가 뒤에서 목에 안겼다.

네 명이 뭉쳐 루시아의 뒤를 쫓았다.

저쪽에서 크게 날뛰는 켄타우로스형 몬스터 두 마리는 아직 거리가 상당히 있지만 그 거구 때문에 상당히 가까워 보였다.

메키슈 그라우. 어제는 무척 고전한 신병급 몬스터.

그게 두 마리.

한 마리가 활을 들었다. 우리 쪽에서 봤을 때 10시에서 8시 방향으로 도망치는 백 명 정도의 병사를 겨냥해 불화살, 사염격을 쏘았다.

왼쪽에서 커다란 폭발. 한 박자 뒤에 폭풍이 몰려왔다. 루시아는 교묘하게 균형을 잡아 그것을 흘려넘겼다.

우리는 자세가 조금 흐트러졌다. 미아가 "응" 하고 내 목을 조르는 손에 힘을 싣고 움직일 방향을 손끝으로 가리켰다.

그녀가 말하는 대로 날자 어째선지 편하게 날 수 있었다.

"기류의 틈새 같은 데가 있어."

"대단하네. 보이는 거야?"

"물론 안 보여. 이런 건 경험이야."

"비행시간은 우리 다 거의 똑같잖아."

"게임에서!"

분명 내 등에서 우쭐한 얼굴을 하고 있겠지.

하지만 솔직히 말해서 살았다.

우리의 비행 속도는 거의 시속 60km 정도일 것이다.

일반 도로의 규정 속도이니까 빠르다면 빠르다.

맨몸으로 날고 있는 내 눈에는 주위 경치가 엄청난 속도로 흘러가고 있다.

언덕에서 메키슈 그라우까지 거리가 대략 5km이니 시속 60km로 날면 걸리는 시간은 고작 5분.

그레이터 인비저빌리티의 효과 시간은 8분이니까 여유 있게 도착한다는 계산이다.

거리를 좁히는 동안 참혹한 모습이 보이기 시작했다.

이곳저곳이 크레이터투성이에, 병사들의 시체가 흩어져 있었다.

살아 있는 사람들도 사지가 멀쩡한 사람은 적었다.

몇 안 되는 궁수들, 마술사들이 활이나 공격마법을 날렸지만, 반격으로 날아온 불화살이나 돌진에 의해 순식간에 흩어졌다.

아비규환의 지옥도였다.

"위험하군, 섣불리 마법을 쏘면 아군이 휘말리겠어……."

"응. 루시아를 멈출까?"

잠시 생각하고 "아니" 하고 고개를 저었다.

"필요한 희생이야."

"그렇지."

여기서 메키슈 그라우를 빠르게 해치우지 못하면 한층 더 피해를 낸다.

결과적으로 작전의 성패를 위태롭게 할지도 모른다. 우리에게 그렇게 느긋한 행동을 하고 있을 틈은 없다.

루시아도 그건 잘 이해하고 있겠지. 정확히 100m 거리에서 멈춰 힘을 모았다.

마력 해방의 준비다.

다행히 그 타이밍에 메키슈 그라우 한 마리가 움직임을 멈췄다. 좋아, 저 녀석에게 쏘면…….

그때. 그 켄타로우스형 거대 몬스터가 이쪽으로 몸을 돌렸다.

켁, 눈치챘나?

"혹시 마나를 탐지하는…… 건가?"

미아가 중얼거렸다.

이봐, 그런 가능성은 먼저 말해! 라고 지금 타일러도 소용없다.

"루시아, 도망쳐!"

비행 중인 우리는 전력으로 그녀와의 거리를 좁히며 외쳤다.

하지만 루시아는 메키슈 그라우 쪽을 향한 채 미동도 하지 않았다.

그녀의 주위에서 마나의 폭풍이 휘몰아쳤다. 마법의 발동 태세다.

저 녀석, 양패구상이 되더라도 해치울 셈이구나.

잊고 있었다. 그녀는 고향이 몬스터에게 멸망한, 망국의 왕녀다.

메키슈 그라우가 우리를 향해 활을 들고 사염격을 쐈다.

루시아에게 직격 코스다. 거의 동시에 루시아가 팽창한 마나를 해방했다.

"플레임 커터."

거대한 불꽃 칼날이 쏘아졌다.

불꽃 칼날과 불화살이 정면으로 충돌했다.

귀를 먹먹하게 하는 폭발이 일어났다.

제142화 신병급 두 마리 2

한층 세찬 폭풍이 우리를 덮쳤다.

가장 앞에 있던 루시아가 요란하게 휘말려 하늘을 날았다.

그녀는 나뭇잎처럼 몸을 뒤집으며 공중에서 능숙하게 자세를 잡았다.

잠시 후, 불화살의 폭풍이 우리에게 도착했다.

이렇게 되는 것을 예측한 나는 미리 지면에 내려서 있었다. 하지만 압도적인 충격파에 날아가지 않도록 하는 것이 고작이었다…….

"미아, 우리한테 그래비티."

"응. 그래비티."

내 주위에 고중력 공간이 나타나며, 네 명의 체중이 늘어났다. 등에서 누르는 미아가 무척 무거워졌다.

나는 개구리가 짓눌리는 듯한 소리를 내며 신음했다.

"위, 위험해. 뼈, 진짜 위험해."

미아가 "왓, 아차" 하고 중얼거리더니.

그녀가 능동적으로 해제했는지 바로 그래비티가 풀렸다.

그 무렵 폭발의 충격파는 빠져나간 상태였다.

고개를 들었다. 폭풍이 걷히고 두 마리의 메키슈 그라우가 보였다.

그중 한 마리는 크게 다쳐 있었다. 불화살보다 루시아의 열 배 마법 쪽이 강력했던 거겠지. 말 부분의 옆구리에 명중했는지 앞다리를 꿇고 괴로운 듯이 신음하고 있었다.

그러나 상반신은 무사했는지, 녀석은 활에 화살을 메긴다.

그보다 앞서서 공중의 루시아가 두 번째 마법을 발동시켰다. 루시아는 첫 발에 끝장이 난다고는 조금도 생각하지 않았다.

처음부터 이 두 번째를 노리고 있었다.

"플레임 커터."

다시 거대한 불꽃 칼날이 쏘아졌다.

그 일격은 부상당한 메키슈 그라우의 목을 일격에 절단하고 저쪽으로 사라져 갔다. 멀고 먼 지평선 저쪽에서 폭발.

요란하게 버섯구름이 피어올랐다.

동시에 나는 레벨업 소리를 들었다.

◆ ◆ ◆

하얀 방. 레벨업한 것은 아리스를 제외한 전원이다.

메키슈 그라우는 레벨 40 이상이니까 당연하겠지.

그래서 그 메키슈 그라우를 거의 혼자 쓰러뜨린 당사자 말인데…….

루시아는 바닥에 털썩 쓰러진 채, 폭포처럼 땀을 흘리고 있었다. 괴로운 듯이 신음하며 가슴을 들썩이고 있었다.

마력 해방은 신체에 강한 부하를 건다. 그것을 연속으로 사용했으니 어떤 부작용이 있어도 이상하지 않았다.

내가 명령했지만…… 아니, 나는 양패구상할 각오로 날리라고까지는 하지 않았어!

아리스와 애들은 어째선지 멍하니 서 있었다.

아, 그런가. 아직 그레이터 인비저빌리티의 효과 시간이 끝나지 않아서…….

"아리스, 이쪽으로 잠깐 와봐."

"아, 네, 카즈 선배."

아리스에게 쓰러져 있는 루시아를 만지게 해 치료마법의 랭크 3, 디스펠(dispel)을 구사하게 했다.

지속형 마법을 해제시키는 마법이다. 본래는 대상을 지정할 필요가 있지만, 이번에는 대상이 보이지 않기 때문에 일부러 만지게 했다.

이 마법에 의해 괴로워하는 루시아가 모습을 드러냈다.

"루시아 씨!"

아리스는 황급히 온갖 마법을 걸었다. 간호한 보람이 있어서 루시아는 조금 편해진 듯했다. 그래도 말할 수 있는 상태는 아직 아닌 것 같지만.

루시아는 심하게 기침을 했다. 나는 물통의 물을 컵에 따라 마시게 하려 했다.

하지만 그녀는 조금 마시고 토하고 말았다.

"응. 이건 이제 입으로 옮기는 수밖에 없겠어."

"너는 진짜 확고하구나."

"내가 같은 일을 당해도 같은 말을 할 자신 있어."

어째선지 가슴을 펴는 미아. 아무래도 그레이터 인비저빌리티는 풀린 듯했다.

그건 그렇고…….

"저기, 카즈 선배, 부탁이 있어요."

"뭔데, 아리스."

"루시아 씨의 옷을 벗겨서 편하게 해야 하니 저기, 뒤로 돌아주세요."

아, 네.

나는 얌전히 등을 돌렸다. 옷이 스치는 소리가 망상을 불러일으켰다.

"응. 오호라, 이거 가슴이 상당하네……."

미아가 쓸데없는 소리를 중얼댔기 때문에 이쪽으로 오라고 손을 뻗어서 책상다리를 한 내 무릎에 앉혔다.

"얌전히 있어."

"오오, 이거 VIP석이군. 카즈치에게 나를 괴롭힐 권리를 주지."

그럼 사양하지 않고, 하고 나는 양손으로 미아의 **뺨**을 잡아당겼다.

주욱. 문질문질, 하고 문지르고 비볐다.

"아하, 아하."

"알았냐, 미아. 이게 평소 네가 빛의 백성에게 하는 짓이야. 린 씨의 호의에 기대지 마."

적당히 혼쭐 낸 시점에서 손을 뗐다. 미아는 눈물이 글썽

한 눈으로 나를 올려다보고…….

"이건 이것대로 꽤나 좋은 플레이였어."

"아뿔싸, 이 녀석은 진성 M이었지."

나는 패배감으로 가득해졌다.

"저기, 카즈 선배. 조용히 좀 해!"

게다가 타마키한테 혼났다. 그녀는 아리스와 함께 루시아를 간호하고 있는 듯했다.

깊이 반성하자.

◆ ◆ ◆

약 한 시간 정도가 경과했다.

겨우 진정된 루시아가 옷을 다 입었기에 몸을 돌렸다. 아직 조금 상기된 얼굴이 왠지 색기 있었다.

그렇게 생각하는데 미아가 "흐음" 하고 무릎 사이에서 나를 올려다봤다.

이, 이 녀석, 언제까지 거기 앉아 있을 셈이야.

"루시아는 소소한 몸짓이 요염하네."

"쓸데없는 말은 안 해도 돼."

미아의 머리를 딱 때렸다.

얼굴을 드니 아리스와 타마키가 눈을 게슴츠레하게 뜨고 쳐다보고 있었다.

루시아가 피식 웃었다. 왠지 어깨 힘이 조금 빠져서 진심으로 웃는 듯했다. 지금은 꾸밀 여유도 없다는 뜻인가.

평소에는 우리의 앞에서조차 가면을 쓴 것처럼 표정의 변화가 적은데.

즉, 그것은 그녀가 아직 우리에게 완전히 마음을 허락하지 않았다는 뜻이리라. 살짝 섭섭하다.

뭐, 그건 그렇다 치고.

나는 미아를 안아 옆으로 밀어낸 후, 책상다리를 한 채 앞으로 전진했다.

아가씨 자세로 있는 루시아에게 다가갔다.

루시아가 조금 놀라 몸을 젖혔다. 덕분에 가슴의 라인이 강조돼서…….

아니, 그건 됐다. 땀을 흘린 그녀에게서 나는 달콤한 냄새가…….

아니, 그것도 됐다.

"루시아. 네게 묻고 싶은 게 있어. 왜 무리하게 해치우려 했지?"

"그것이 최선의 수단이라고 판단했습니다. 제 두 방으로 확실하게 쓰러뜨리지 못했다면 고전을 면치 못했겠죠."

루시아는 말은 정론이었고, 확실히 정확한 판단이라고 생각한다. 살을 주고 뼈를 친다, 용감한 한 수였다고 생각한다.

하지만.

"나는 그런 명령을 하지 않았어. 내 주문은 위험할 것 같으면 작전 변경이었을 거야."

"가능하다고 판단했습니다. 실패의 위험은 적다고요."

그녀는 내 지시를 오해한 걸까?

아니, 아니다. 그녀는 총명하다. 내 명령을 일부러 곡해했다. 그렇게까지 해서라도 의지를 관철하고 싶었다.

겨우 눈치챘다. 평소에 감정 표현이 적은 이 소녀는 대단히 완고하다.

나는 무릎과 무릎이 맞닿을 정도의 거리까지 루시아에게 다가갔다. 코와 코가 닿을 정도의 거리에서 그녀의 진홍색 두 눈을 마주했다.

"내 주문은 '루시아의 몸이 위험에 노출되면 작전 변경'이야. 설마 오해했다고는 안 하겠지?"

"저는……."

"내 신뢰를 네가 몰라 주는 것 같네."

투명한 루비 같은 눈동자가 꿈틀대듯이 흔들렸다. 감정을 숨기는 게 특기인 그녀가 보인 희미한 동요.

나는 그것이 조금 기뻤다.

지금 한 말에 대미지를 받았다는 것은 그만큼 그녀가 우리에게 마음을 열고 있다는 뜻이니까.

그렇다, 조금이라도 그녀는 우리를 동료라고 생각하고 있다.

그렇다면 착각은 바로잡지 않으면 안 된다. 과거에 내가 비밀을 만든 탓에, 아주 조금 망설인 탓에, 아리스의 신변을 위태롭게 만들었듯이.

그녀의 저돌성은 언젠가 우리를 위기에 빠뜨린다.

그건 분명 깊은 곳에서 솟아오르는 감정에서 오는 것이다. 내가 가졌던 아리스에 대한 허세와 시키에 대한 분노처럼.

루시아의 그것은 아마도…….

"너는 몬스터를 지나치게 증오하고 있어. 같이 죽더라도 쓰러뜨리고 싶을 만큼."

"네."

소녀는 주저 없이 긍정했다.

아니, 아니었다. 루시아는 시선을 돌려 아래를 향했다.

"죄송합니다. 저는 제 감정을 의외로 가볍게 보고 있었던 것 같습니다."

"그건…… 무슨 뜻이야?"

"이렇게 증오에 몸을 태우고 자신을 잊는 건…… 부끄러워해야 할 일입니다. 벌은 무엇이든 받겠습니다."

그렇군, 이해했다. 그녀의 높은 지성이, 감정에 휩쓸린 것에 엄청난 수치심을 느끼고 있다. 어째서 폭주했는지, 그것을 얼버무리려 했던 것도 그런 이유였으리라.

사람들을 이끄는 자로 자란 그녀에게 이치에 맞지 않는 행동을 했다는 자각은, 그 경솔함은 분명 내가 상상하는 이상으로 창피해야 할 일인 것이다.

그녀는 자신의 실수를 알고 있었다. 반성하고 있었다.

그렇다면 내가 해야 할 일은…….

"응. 벌로 루시아 찡은 카즈치의 앞에서 스트립쇼."

"타마키, 아리스. 미아한테 벌 좀 줘."

"네!"

"내게 맡겨, 카즈 선배!"

쓸데없는 말을 한 미아를 아리스가 재빨리 구속했다. 꼼짝 못 하게 한 다음 "자, 타마키" 하고 적극적으로 부추겼다.

타마키가 정면으로 다가가 겨드랑이를 간질였다.

미아는 웃으며 울었다. 저쪽은 한동안 내버려 두자.

그러면 엉망이 되기는 했지만…….

루시아에게 다시 몸을 돌렸다. 엘프 소녀는 가슴에 손을 얹고 주뼛대는 기색으로 나를 올려다봤다.

"저기, 제 몸으로 벌이 된다면……."

"그런 건 필요 없어. 아아, 하지만."

나는 루시아의 목 뒤에 양손을 두르고 가볍게 껴안았다.

그녀가 놀라 호흡을 멈추는 것을 알 수 있었다.

포옹은 순간, 내 마음이 욕망에 지배되기 전에 몸을 뗐다.

아아, 그래도 위험했다. 그도 그럴 게, 루시아한테서 달콤한 냄새가 나고, 그리고 그녀의 가슴은 예상보다 훨씬…….

아니, 그러니까 그건 됐다.

"저, 저기."

"넌 내 동료야. 우리 동료야."

볼을 붉히는 루시아에게 그렇게 말했다. 조금 부끄럽지만, 그녀에게는 말로 전해야 한다.

몇 번이고 몇 번이고 전해야 한다.

"그러니까 루시아. 네가 실패해도, 실수해도 우리한테 숨기지 말아 줘. 그건 우리 모두가 만회해야 할 실점이니까. 우리는 지금 져도 되고 도망쳐도 돼. 마지막에 이기면 돼."

루시아는 숨을 삼키고 나를 빤히 응시했다. 그리고……

울먹이는 얼굴이 되어.

"네."

작게 그리 수긍했다.

제143화 신병급 두 마리 3

그런데 루시아의 심홍색 입술을 보고 있으니 왠지 바람직하지 못한 마음이 들기 시작해서 그녀에게서 가만히 시선을 돌렸다.

미아를 아직도 간질이고 있던 타마키를 말렸다. 씩씩 거친 숨을 내쉬며 녹초가 된 미아.

"음……. 이, 이건 이것대로……."

"너 진짜 대단하다."

"카즈 선배, 아무리 그래도 피곤해."

잘했다며 타마키와 아리스의 머리를 쓰다듬어 줬다. 모두가 진정하자 다시 둥글게 앉았다.

루시아의 배가 귀엽게 소리를 냈다.

"회의 전에 가볍게 뭐 좀 먹을까."

"네!"

루시아가 힘차게 고개를 끄덕였다. 어, 뭐, 감정이 상당히 풍부해져서 다행이네요.

루시아는 당연한 권리라는 듯이 쿨한 말투로 돌아와 케이크를 원했다.

왕성한 식욕을 발휘하는 공주님에게 지지 않겠다며 아리스와 다른 아이들도 여기에 참전.

상관은 없다. 여기서 아무리 먹어도 원래 장소로 돌아가면 사라지니까.

그렇게 배가 가득 찬 그녀들이다.

이번에는 졸린 기색으로 하품을 시작했다.

어쩔 수 없나.

"우선 낮잠을 자고 회의는 그 뒤에 하자."

일단 서몬 클로즈 등을 사용해 침구류를 대량으로 소환했다. 푹신푹신한 그것 위에 누웠다.

어째선지 루시아도 포함한 전원이 내 주위에 모였다.

"친구와 동료와 가족과 원을 그리며 자는 행위에 약간의 동경을 품고 있었습니다."

들어보니 빛의 백성의 대가족은 나무 구멍 집에서 그렇게 잔다고 한다.

실내가 둥그니까 그렇겠지. 장소가 바뀌면 문화도 바뀌는 법인가.

그리고 루시아는 지금까지 가족의 유대라는 것을 가지지 못했던 모양이다.

그녀를 병기로 만들어 기른 것이 부모이니까 당연하겠지.

그녀에게는 동료도, 친구라고 말할 수 있는 사람도 거의 없었다.

조국이 멸망당해 도망친 세계수에서 린 씨와 만나서……
유일한 절친이라고 부를 수 있는 존재가 됐다. 그래도 린 씨는 일족의 수장이다. 가볍게 같이 잘 수도 있을 리가 없다.

"모처럼 얘기가 나왔으니 그거, 해보자."

루시아의 제안에 따라 빛의 백성 식으로 서로 머리를 맞

대고 방사형으로 누웠다. 서로의 호흡 소리가 귓가에 들렸다. 달콤한 냄새도 감돌았다.

"조금 두근거려서 진정할 수 없네요."

반대편에 누운 루시아가 조금 장난스러운 말투로 그런 말을 했다.

네, 저도 두근거려요.

아리스와 타마키와 미아는 바로 잠든 숨소리를 내고 있지만요.

보통 마지막까지 일어나 있는 미아가 깊이 잠든 건 아까 잔뜩 날뛰었기 때문일까.

날뛰게 한 건 나였지만 말이다.

아니면 그렇게 피곤했던 걸까.

그러고 보니 아까 휴식할 때 미아와 루시아는 낮잠을 자지 않았다. 억지로라도 쉬게 했어야 했을지도 모른다. 다음번 과제로 삼자.

"카즈……라고 경칭 없이 불러도 될까요?"

"어, 아아, 상관없어. 나도 너를 경칭 없이 부르고 있고."

루시아는 "고마워요" 하고 감회 깊은 듯이 말했다.

"카즈. 두 가지 묻고 싶은 게 있습니다."

"뭐든 말해줘."

"당신은 어떻게 복수에 빠지는 마음을 진정시킬 수 있었습니까?"

그렇구나, 그녀는 내 과거를 듣고 그게 신기했던 건가. 그녀의 생각과 달리 실제로 내 마음은 과거의 트라우마로 갈기갈기 찢어질 뻔했다.

몇 번이고 망설이고 몇 번이고 잘못될 뻔했다.

그래도 최종적으로 나를 이끌어준 건······.

좌우를 봤다. 아리스, 타마키, 미아.

"나한테는 신뢰할 수 있는 동료가······ 그녀들이 있으니까. 말과 태도와 그 이상의 신뢰를 그녀들이 보여줬어. 나는 특출난 곳이 하나도 없는 범인(凡人)이지만, 그녀들이 지탱해 줘서 능력 이상의 힘을 낼 수 있었어."

"그런, 가요."

루시아는 한숨을 토했다.

머리가 느릿느릿 움직였다. 옆을 향하니 루시아의 얼굴이 바로 눈앞에 있었다.

옆을 향한 루시아는 푸른 눈으로 나를 응시하고 있었다. 시선이 교차했다.

"카즈. 당신은 범인이 아니라고 생각합니다. 아니면 평시에는 범재라 해도 비상시에는 이 이상 없는 터프한 리더라고 생각합니다."

"그런가. ······응, 요 사나흘에 꽤나 단련된 건 부정할 수 없기는 해."

루시아는 "네" 하고 고개를 끄덕였다.

"저도 카즈처럼 될 수 있을까요?"

나는 루시아의 이마에 내 이마를 가볍게 부딪쳤다. 톡, 하

고 좋은 소리가 났다.

"내가 있어. 아니, 우리가 있어. 지금의 너는 혼자가 아니야."

"네."

"괴로워지면 언제든지 털어놔도 돼."

"네. 그때는 반드시 그럴게요."

"그게 지금이라도 딱히 상관없어."

루시아는 시선을 돌리고 잠시 위를 향한 다음 침묵했다.

천천히 고개를 저었다. 다시 한번 내 쪽을 향했다.

"여기 싸움이 끝난 나중에 하겠습니다."

나는 고개를 끄덕였다. 루시아가 손을 뻗어 내 이마를 양손으로 눌렀다.

몸을 내밀었다. 이마에 가만히 입을 맞췄다.

아마 이건 연인의 키스가 아닐 것이다. 친애의 정. 하지만 왠지 굉장히 두근거렸다.

난처해져서 가슴이 괴로웠다.

◆ ◆ ◆

얼마나 시간이 지났을까.

나는 눈을 떴다.

귓가에 울리는 소녀의 꼬르륵 소리에.

"죄송합니다."

올려다보니 다리가 조금 풀린 루시아가 무릎을 내 옆에 꿇고 앉아 있었다. 치마 속이 보일 뻔해서 의식해 시선을 다른 곳으로 돌리며 일어났다.

조금 비틀거렸다. 루시아가 내 어깨를 잡아 부축해 줬다.

밀착한 찰나에 그녀의 체취를 맡았다.

"괜찮습니까?"

"아아, 응. 잠을 너무 잔 건……가."

자기 전에 먹었을 텐데 배가 고플 만큼 자다니…….

그래서 시계를 보니 놀랍게도 열두 시간 가까이 지나 있었다.

우와아, 시간을 얼마나 낭비한 거야. 이런 일은 하얀 방이 아니면 못 한다.

"이 방에서는 화장실에 갈 일도 없으니까 시계가 없으면 시간이 지나는 걸 모르겠어……."

"나가려고 하면 나갈 수 있지만."

타마키가 느긋하게 말했다. 응, 그렇지, 나가려고 생각하면 말이야.

정말 신기한 공간이다.

그건 그렇다 치고, 이번에는 잠들지 않도록 적당히 식사를 한 후 회의에 들어갔다.

의제는 앞으로의 방향. 그리고 레벨업에 대한 것.

"나는 스킬 포인트가 6이 되니까 부여마법을 6으로 할게.

타마키는 육체를 4로, 미아와 루시아는 각자 바람마법과 불마법을 9로 올려."

이미 육성 방침은 정해져 있지만 일단 전원에게 확인을 받았다.

모두가 고개를 끄덕였다. 뭐, 이건 됐다.

"원래 장소로 돌아가면 루시아, 너는 신속하게 아리스한테 치료를 받아. 그리고 후방으로 물러나. 알았지?"

"네. 아마 이제 저는 싸울 수 없을 거예요. 따라가도 방해만 될 뿐이겠죠."

마력 해방의 최대 화력을 2연발. 참으로 굉장한 화력을 발휘했지만 대가도 컸다.

루시아라는 전력은 한동안 쓸모가 없어진다.

한동안이라 해도 아까 받은 간호 상태를 보아 저녁까지일 것이다. 무리를 하면 좀 더 빨라질 수 있으……려나.

그다지 무리를 시키고 싶지는 않다. 하지만 사람 하나의 몸이 망가진다 해도 그로써 승리를 거머쥘 수 있다면…….

린 씨는 지금 랭크 9, 최강의 불마법사가 된 그녀의 투입을 망설이지 않을 것이다.

그녀는 위정자다. 상대가 설령 절친이라 해도, 아니 절친이기 때문에 정을 버리고 실리를 취하려 할 게 틀림없다.

그런 사람이기 때문에 분명 시키는 린 씨에게 뒤를 맡기고 앞으로 나섰다.

"다음 싸움까지 몸을 충분히 쉬어."

지금 이 방에서는 멀쩡하지만, 그건 하얀 방 안에서 하루 가까이 시간이 지났기 때문이다.

원래 장소로 돌아가면 루시아는 엉망인 상태로 돌아간다.

"아리스, 루시아를 맡길게. 언덕 그늘에 그녀를 숨기고 바로 돌아와 줘."

"아, 네."

"타마키와 미아는 남은 메키슈 그라우 한 마리와 교전해. 미아, 타마키와 같이 거리를 좁혀서 아리스가 올 때까지 붙잡아 줘."

"응. 쓰러뜨려도 딱히 상관은……."

"없어."

대사를 빼앗기자 미아는 뽀로통해졌다.

"최근 카즈치는 심술궂기만 해."

"너는 제발 좀 자신의 행동을 돌이켜봐!"

"알고 있지만 못 그만두겠어."

미아의 나이 사칭 의혹이 가라앉지 않는다.

"시키는 그렇게 말했지만, 다음이 있기 때문에 초조한 거야. 우리는 우선 확실하게 신병급을 쓰러뜨리는 걸 생각하자."

우리는 세세한 확인을 거듭했다. 다음 전개에 대해서도 여러모로 고찰했다.

나와 미아를 중심으로 전술을 다듬었다.

여기서 메모해 밖에서도 쓸 수 있는 노트를 사는 방법도

있지만, 전투 중에 메모를 확인하는 건 치명상이 된다. 그
것보다는 우리의 기억을 믿는 편이 낫다.

"그러면 가자."

전원에게 확인을 받고 엔터키를 두드렸다. 하얀 방을 나
왔다.

카즈히사 : 레벨 33 부여마법 5→6/소환마법 9 스킬 포
인트 6→0

타마키 : 레벨 28 검술 9/육체 3→4 스킬 포인트 5→1

미아 : 레벨 28 땅마법 4/바람마법 8→9 스킬 포인트 10→1

루시아 : 레벨 23 불마법 8→9 스킬 포인트 10→1

제144화 신병급 두 마리 4

우리는 모래 먼지가 흩날리는 전장으로 돌아왔다.

모래 바람과 업화가 날뛰는, 폭풍 사원의 왼편 황야다.

탈진 상태의 루시아가 공중 10m 지점에 떠 있었다.

아직 그레이터 인비저빌리티가 걸려 있기 때문에 이대로는 아리스가 도우러 갈 수 없다.

그래서 나는 모두와 손을 잡은 채 그녀에게 날아가 미아에게 루시아의 어깨를 만지게 했다.

"루시아의 그레이터 인비저빌리티를 해제해 줘."

"알았어."

사일런스나 인비저빌리티와 같은 지속형 마법은 일부 예외를 제외하고 사용자가 대상을 만지면 임의로 해제하는 것이 가능하다.

루시아의 그레이터 인비저빌리티가 해제되어 그녀의 모습을 확인할 수 있게 되고, 즉시 아리스가 공중에 뜬 그녀를 부축해 치료마법을 걸었다.

미아는 순서대로 그레이터 인비저빌리티를 해제했다. 머지않아 전원이 서로의 모습을 확인할 수 있게 됐다.

"그럼 카즈치. 갔다 올게."

"카즈 선배, 다녀올게요."

"그래, 둘 다 조심해."

미아는 타마키의 손을 잡았다.

"디멘션 스텝."

두 사람의 모습이 사라졌다.

순식간에 100m의 거리를 도약.

미아와 타마키는 멀쩡한 메키슈 그라우의 바로 근처에 나타났다. 타마키가 양손으로 검을 쥐고 신병급 괴물의 상공에서 달려들었다.

메키슈 그라우는 갑작스러운 공격에도 당황하지 않고 거대한 검으로 이것을 맞받아쳤다. 칼날과 칼날이 부딪쳐서 세찬 불꽃이 흩날렸다.

양쪽의 위력은 그야말로 호각.

아니, 메키슈 그라우가 약간 물러났다. 타마키의 힘이 전체 길이 6m의 켄타우로스형 몬스터를 웃돈 것이다.

저번과 다른 건 솜씨는 물론이거니와 그녀의 육체 스킬이 1에서 4로 상승했기 때문인가. 지금의 타마키는 거인보다 거대한 몬스터와 힘에서 호각 이상인 것이다.

우리는 점점 진화해 간다. 끝없이 성장한다.

이 앞에는 과연 무엇이 기다리고 있는 걸까.

메키슈 그라우가 반격했다. 활을 버리고 네 손에 제각기 검을 소환했다.

사도류로 타마키에게 덤벼들었다.

이건 아무리 그래도 타마키가 불리하다. 약간 열세가 되지 않을까.

이것을 미아가 적절히 마법으로 지원했다. 상대의 움직임을 막거나 마법을 걸어서 싸움의 균형을 우세로 기울였다.

이거라면 정말 두 사람만으로 메키슈 그라우를 쓰러뜨릴 것 같군…….

그렇다면 나는 천천히 사후 계획을 짜볼까.

루시아의 신병은 아리스에게 맡기고 품에서 조개껍데기 같은 것을 꺼냈다.

아까 헤어질 때 시키가 준 것이다. 이건 마법 통신기라고 한다. 다만 전제 조건으로 마나가 풍부한 장소에서밖에 사용할 수 없다.

이 폭풍 사원 근처나 세계수 한정 장비라는 뜻이다. 한정 환경 아래에서는 무전기보다 통신 거리가 길다.

다만 세계수에서는 거의 유통되고 있지 않다고 한다.

빛의 백성이 이쪽 분야에서 크게 뒤쳐져 있기 때문으로, 인간 국가 중에서도 극히 일부가 쓰는 기술이라 한다.

그것을 이번 작전을 위해 융통해 왔다나.

사용 방법은 간단해서, 조개껍데기를 손에 들고 특정 키워드를 읊조리기만 하면 짝이 되는 통신 조개를 가진 자에게 목소리가 전해진다.

통신이 이어져서 나는 시키에게 도움을 요청했다.

"몇 명을 이쪽으로 보내줘. 움직일 수 없는 루시아를 옮겨 가고 싶어."

"그녀가 갑자기 그런 무모한 짓을 할 줄이야. 그 애는 좀 더 냉정할 줄 알았는데."

"냉정하게 있을 수 없었던 것 같아."

"알았어, 사람을 보낼게. 너희는 메키슈 그라우를 해치운 뒤 폭풍 사원으로 향해줘."

어라, 갑자기?

들어보니 메키슈 그라우가 사원 수비에서 떠난 사이에 정예 부대가 폭풍 사원으로 돌입을 결행했다고 한다.

그들로서는 우리 같은 불확정 전력에 기대할 수 없었다나.

그거라면 그대로 괜찮을 것이다. 저쪽이 사원 내부로 앞장을 서줬다는 뜻이니.

"열심히 해. 사랑해."

"네에네에."

영혼이 전혀 없는 그녀의 말에 맞장구치고 통신을 끝냈다.

그 무렵에는 이쪽 전황의 승패가 확실해져 있었다.

타마키의 손에 의해 메키슈 그라우가 다져진다.

어제 그렇게 강대하다고 생각했던 신병급은 그녀와 미아의 콤비네이션을 앞에 두자 반격 하나 하지 못하고 너덜너덜해져 갔다.

하루. 고작 하루 만에 우리는 이만한 힘을 얻었다.

내일 이맘때가 만약 있다면……. 그때 우리는 어떤 경지에 도달해 있을까.

"카즈 선배, 루시아 씨가 눈을 떴어요."

아리스의 보고에 정신을 차렸다. 그녀에게 간호받고 있던 루시아는 내 쪽을 보고 가냘프게 웃었다. 그 가슴은 호흡을 편하게 하기 위해서인지 크게 젖혀져 있어서…… 깊은 골짜기가 보였다.

"카즈 선배, 어디를 보는 거예요."

아리스가 눈을 게슴츠레 뜨고 나를 노려봤다.

죄송합니다, 하고 사과했다. 전투 중에 가당치 않은 생각을 하다니…… 뭐, 이건 전위 두 사람에 대한 신뢰감이 있기 때문이다.

이윽고 메키슈 그라우가 쓰러졌다.

하얀 방으로.

◆ ◆ ◆

레벨업한 것은 아리스다. 지금 아리스의 스킬 포인트는 7. 하지만 그녀는 창술을 올리기 위해서 그대로 두기를 바랐다.

나는 허가를 내렸다. 최소한의 협의만을 마치고 방을 나섰다.

아리스 : 레벨 29 창술 8/ 치료마법 5 스킬 포인트 7

◆ ◆ ◆

전장인 황야에서. 우리는 메키슈 그라우가 떨어뜨린 노란 보석을 두 개 회수했다.

하나에 토큰 백 개분이다. 소중히 쓰자.

아까까지 우왕좌왕하던 병사 수십 명이 먼 곳에서 멍하니 우리를 보고 있었다.

웅성대며 당황하고 있는 듯했다.

목숨을 건진 것이 아직 믿기지 않은 기색이었다.

우리의 전력에 대해서는 린 씨 일행이 보고했다고 생각하는데.

너무 어처구니가 없어서 그걸 믿지 못한 건가.

아니면 단순히 우리의 지원을 예상하지 못했던 건가.

어느 쪽이든 지금 그들의 상대를 할 틈은 없다. 부상자가 많아 내버려 두면 죽을 사람도 있겠지만, 그들에게 아리스의 MP를 할애할 여유는 없다.

저쪽이 멀리서 에워싸고 있어 준다면 다행스러운 일이라고 생각하자.

지금은 루시아의 용태가 우선이다. 아리스에게 한창 간호받고 있는 그녀에게 다가갔다.

"먼저 가세요."

루시아가 상반신을 일으켜 그렇게 말했다.

어떻게 할까. 잠시 망설인 끝에 문제없다는 그녀의 말에 기대기로 했다.

통신 조개로 시키에게 연락했으니 루시아의 신병을 아직 무사한 병사들에게 넘겼다.

나, 아리스, 타마키, 미아 네 명이서 날아올라 곧장 폭풍 사원으로 비행했다.

　이미 각국에서 뽑힌 정예 부대가 돌입했을 장소로.

　"정예 부대는 얼마나 강할까."

　타마키가 말했다.

　"음. 어제 살짝 실력 테스트가 있었나 봐. 연습 시합이라지만 사쿠라가 압승했어."

　그렇군, 정예라도 그 정도인가.

　무기 랭크 6이나 7인 인간이 애초에 이상하기는 하다.

　그리고 그 이상의 힘을 자랑하는 몬스터들이 머리가 이상한 것이고.

　고위 몬스터는 수가 적지만 만약 사원 안에 고위 몬스터가 있다면⋯⋯.

　정예 부대가 전멸하지 않기를 기도하고 싶었다. 그들, 각국의 보물들은 분명 이 전투 뒤에도 귀중한 전력이 될 터다.

　구름 낀 하늘 속 사원이 있는 고지대를 올려다보니 여전히 그 주위에서는 끊임없이 번개가 내리치고 있었다.

　굉장히⋯⋯ 무섭네요.

　호부가 있으면 괜찮다는 린 씨의 말을 믿을 수밖에 없다.

　선행 부대는 저 번개를 빠져나가 내부로 돌입을 성공했으니 실제로 괜찮을 것이다.

　몬스터들은 어떻게 했을까.

　뇌격 내성을 걸어 어떻게든 한 걸까.

어쨌든 현재도 사원이 있는 언덕 아래에서 격렬한 싸움이 계속되고 있는지 입구 부근은 한산했다.

낙뢰가 계속돼 불탄 지면은 상당히 위압감이 있었다.

"일단 레지스트 걸까?"

미아가 물었다. 으음, 번개는 바람마법이라고 생각하니까 하이 레지스트 윈드가 있으면 확실히…….

MP가 좀 아까운 기분도 들지만, 여기서는 MP로 안심을 사자.

"부탁해. 디플렉션 스펠."

"하이 레지스트 윈드."

모두의 몸이 연녹색 빛에 둘러싸였다. 응, 이로써 괜찮을 터다.

그 상태로 조심조심 날아 폭풍 사원에 접근했다.

드디어 언덕 정상, 지면이 불탄 주변에 도착했다.

나도 모르게 몸이 굳고 말았다. 아리스와 다른 애들이 불안한 듯이 이쪽을 돌아봤다.

나는 아리스와 타마키의 손을 잡고 셋이서 날았다. 미아는 "치" 하고 신음하고 내 등에 안겼다. 결국 넷이서 뭉쳐 비행하게 됐다.

그리고 결국에는…….

번개는 우리를 피해 지면에 계속 떨어졌다. 타마키나 아리스의 무기는 금속이지만 전혀 목표가 되지 않았다.

역시 호부 덕분……이겠지.

사원을 뒤덮은 높은 벽 앞, 무참하게 파괴된 쌍여닫이문에 도착했다.

과거에는 소년점프 만화의 수행 장면에서 나올 법한 멋들어진 구조였으리라 생각한다.

현재, 콘크리트로 지어진 대문은 아치가 무너져서 지금은 돌 더미 일부에 지나지 않았다. 그것을 지키는 자도 없었다.

이야기에 의하면 이 부근에 돌입 부대의 일부가 대기하고 있다고 했는데…….

두리번대면서 벽을 넘어 겨우 지면에 내려섰다. 그 부근은 이제 지면이 평범한 색을 띠고 있었기 때문이다.

바깥을 돌아보니 우리가 지나간 뒤에 번개 한 줄기가 떨어졌다. 여봐란 듯한 일격이다. 역시…… 호부를 가진 덕에 번개가 피해간 거겠지.

그런 생각을 하고 있는데 전방에서 소리가 났다.

타마키와 아리스가 긴장한 것을 알 수 있었다. 나는 앞으로 돌아섰다.

"저기, 용사님의 부대인가요?"

조심스러운 느낌으로 그늘에서 병사들이 나왔다.

네 명 전원 여성이다. 나이는 모두 20대 후반이나 그 이상일 것이다. 성별 외에는 다른 사람과 같은 인간 병사라고 생각했지만, 그 옷차림이 다른 것을 한눈에 알 수 있었다.

이상할 만큼 흠집투성이인 금속 갑옷.

투구 안쪽에서 이쪽을 바라보는 두 눈은 터무니없이 날카로웠다.

그 말투는 태연하지만…… 아아, 그렇다. 금속 갑옷을 입고 걷고 있는데 발소리 하나 나지 않는다.

그렇군, 이 사람들이…….

베테랑이라는 틀조차 넘어선 자들. 각국의 최정예.

그야말로 그녀들에게 딱 맞는 말이었다.

"용사라고 부르는 건 좀 그렇다고 생각하지만, 네, 어어 그쪽은……."

우리는 서로 인사를 나눴다.

그녀들의 리더는 이름이 라스카하리인가 뭐라나…… 잊어버렸다.

아무튼 라스카 씨라고 부르면 되는 모양이다. 이름이 긴 건 귀족이거나 전통 있는 집안이거나, 그런 이유이리라.

나라 이름도 들었지만 기억할 수 없었다. 당황해하고 있는데 "어차피 망한 나라의 이름이에요. 기억하지 않아도 아무런 문제도 없습니다"라며 호쾌하게 웃었다.

아무리 자학 개그라도 심하다. 무엇이 심한가 하면, 주위 여자들도 웃고 있단 점이다. 그녀들의 나라도 역시 멸망했다고 한다.

그리고 왜 여기 있는 것이 여성뿐이냐면…….

정예 부대 중 앞으로 나선 자들이 여자가 남아야 한다고 했던 모양이다. 이 싸움이 끝난 후 적어도 자식을 낳을 이가 늘어나야 한다고.

그렇군. 남자들의 마음도 이해가 가고, 그것을 답답하다고 생각하는 그녀들의 마음도 이해가 간다.

여기까지 와서 싸우지 못하는 것은 그야 안타깝겠지. 루시아를 보고 있으면 이 세계의 생존자들이 품은 몬스터에 대한 증오는 상상 이상이다.

"용사님…… 아니, 카즈 공이라고 불러달라고 하셨죠? 카즈 공, 저희도 따라가도 될까요?"

"물론 부탁합니다. 당신들은 이 안을 잘 아시겠죠?"

"물론입니다. 머릿속에 지도는 넣어 놨어요."

그건 믿음직스럽다.

우선 지도를 디지털카메라로 찍어 가방 안 태블릿에 보존도 했지만, 전장에서 일일이 태블릿을 조작하고 있을 틈은 없을 것이다.

내가 승낙의 뜻을 밝히자 그녀들은 환희로 들떴다.

너무 기쁜 나머지 두 사람이 내 목에 안겼다.

우왓, 냄새.

굴강한 여전사에게 목을 졸리면서 나는 숨을 참고 근육의 구속에서 해방을 기다렸다.

제145화 갈 야스의 폭풍 사원 1

라스카 씨 일행은 사원 안으로 우리를 이끌었다.

시키의 충고에 따라 그녀들에게 과자를 건넸다. 우선 라스카 씨의 동료가 한 입 먹고 눈을 동그랗게 떴다. 달콤한 냄새가 주위에 감돌고…… 라스카 씨도 그것을 확인하고 입에 댔다.

"용사님들은 이런 맛있는 것을 먹고 계시는 건가요?"

"네. 뭐, 가끔은요."

"참 훌륭하네요."

아주 기뻐해 주는 것 같아서 다행이다.

갈 야스의 폭풍 사원은 몬스터의 공격을 함락되기 전 어떤 종교 국가의 성지였다고 한다.

종교 국가라 해도 특정 신을 숭배하는 것은 아니다. 이 세계는 기본적으로 다신교이고, 게다가 신까지 실재한다.

신탁이라는 수단으로 한정적이라도 신과 직접 의사소통을 취할 수 있을 정도다.

따라서 각각의 신앙을 통솔하는 자들도 느슨하게 연대하고 있다. 평소에 사이가 나빴던 종교나 자연스레 전쟁하던 교단도 있다고 하지만, 그것을 누르고 서로 알 수 있는 것은 알아가자는 것이라고 한다.

그 사이에 들어가는 것을 거부하는 교단도 있지만, 그것 역시 자유였다고 한다.

통일 조직을 만든 이유는 각국에 신들의 의사를 전달하기 위해서다. 이 폭풍 사원에서 신탁을 받아 각국에 전달하는 형태가 되기 때문에 권위를 부여했다고 한다.

정당의 대연립 같은 느낌인가.

무슨 일이 있어도 개정해야 할 법이 있으니까 정파를 넘어 협력한다는 것일까.

하지만 그런 방식은 길게 이어지는 동안 제도 피로를 일으켰다고 한다.

부정을 벌이거나, 뒷세계와 이어진다든가 끝내 타국에까지 부정한 개입을 한다든가…….

인간의 조직이니까 아무래도 그런 일은 있다. 폭풍 사원은 차츰 신탁이라는 권위를 믿고 으스대게 됐다.

물론 자정 작용도 일어났다. 그런 어둠을 씻어내려 하는 자들도 있어서, 개혁의 바람도 불어왔지만.

불행히 사원 전체가 집안싸움으로 갈라질 대로 갈라진 차에 몬스터가 습격해 왔다고 한다.

강대한 수비를 자랑했을 이 성지는 순식간에 함락됐다. 돼지처럼 살찐 신관들도, 날카로운 기백의 젊은 논자들도 철저하게 몰살당했다고 한다.

신의 목소리를 들을 수 있는 자, 즉 무당 일족과 그 측근만이 도망쳐 살아남았다.

그 무당을 둘러싸고 다시 인간 사회의 이런저런 일이 있었던 듯하지만, 다행히 이 혈통이 끊어지지는 않았다.

신탁을 지나치게 사용해 목숨을 잃은 선대의 뒤를 이어 지금은 그 아들인 젊은 남자가 2대가 되어 어떤 견고한 땅에서 신탁을 관리하고 있었다.

그렇군. 그런데 신탁은 목숨을 갉아먹은 거구나.

어차피 이 세계는 이런 상태까지 몰려서 나중까지는 신경 쓸 수 없겠지만 말이다.

지금의 무당도 분명 혹사당하고 있을 것이다.

실제로는 신과 잠깐 접촉을 부탁해 우리가 왜 이렇게 됐는지 한 시간 정도는 따지고 싶었지만.

그런 것을 할 여유는 없는 것 같다.

라스카 씨 일행은 극히 최근까지 무당의 호위를 맡고 있었다고 한다.

하지만 이번 작전에 지원했다. 무당 밑에서 언젠가 이 사원의 탈환을 기원하던 선대의 측근에게 사원 내부 자료를 제공받았기 때문이라고 한다.

반드시 도움이 되겠다고 라스카 씨는 사기를 불태우고 있었다고 한다. 실력도 있고 사원의 구조도 비밀 통로까지 포함해 머리에 넣었다.

그럼에도 불구하고 돌입 부대는 여자라는 이유만으로 그녀들을 입구 보초로 세웠다.

내가 세 소녀를 데리고 왔을 때 기회라고 생각했겠지.

우리는 라스카 씨 일행과 대화하며 높이 5m에 폭도 7,

8m는 되는 석조 통로를 나아갔다.

통로의 벽면에 불이 켜져 있었다. 벽 일부가 오렌지색 빛을 내고 있는 것이다.

마법의 등불일지는 모르겠지만, 덕분에 발밑까지 밝은 건 고마웠다.

이렇다면 몬스터가 숨는 건 불가능하다.

높이 3~4m의 조각이 늘어서 있었다. 로브를 입고 수염을 기른 노인, 늠름한 여성 검사, 활을 든 날카로운 남자…….

이건 무엇을 모델로 했는지 물어봤다.

"모두 신의 사도의 모습이에요."

아, 사도도 있구나. 자세히 물어보고 싶지만, 지금은 그만두자.

참고로 이곳은 속죄의 회랑이라고 불린다고 한다. 밖에서 온 자는 속세의 죄를 씻기 위해서 이 긴 길을 걸어 사원으로 들어간다나.

안에 있는 사람들의 죄는 분명 쌓여가기만 할 것이다.

그건 그렇고 여기, 뭔가 위화감이 드는데…….

"몬스터에게 공격받았는데 꽤나 깨끗하네요."

문득 아리스가 말했다.

아아, 그렇다. 이 통로, 먼지도 쌓여 있지만 싸움에 의해 파손된 흔적이 없다. 몬스터이니까 석상을 발견하면 일단 부수고 볼 것 같은데.

그런데 여기에 늘어선 조각도 벽면도 깨끗한 그대로다.

이건…… 여기서는 싸움이 일어나지 않았던 건가. 아니, 애초에…….

"몬스터는 여기에 발을 들이지 않았나?"

"네. 이 통로는 오랫동안 봉인되었다고 들었습니다. 몬스터는 사원의 반대편 벽면을 파괴해 내부로 침입했다고 합니다."

몬스터의 공격에 정문을 봉쇄했지만, 뒤에서 돌격했다는 건가. 그래서 그대로 도망치지도 못했다는 거겠지.

어쩌면 도플갱어가 안내했을지도 모른다. 도플갱어의 존재는 어제까지 아무도 몰랐을 정도이니까.

지금은 진실을 알 수 없지만 말이다.

라스카 씨가 나이프 한 자루를 보여줬다. 은 칼날이 파도가 치듯이 구불구불했다. 자루에 복잡한 문양이 입혀져 있어서…… 이거 꽤나 고급품 같은데.

"봉인을 푸는 데는 이 열쇠가 필요했어요."

"마법의 물건인가요?"

"네. 무당님의 일족에 대대로 전해져 내려오는 것이래요."

그런 것을 빌려준 건가. 아니, 이 열쇠를 빌리기 위해서 그녀들은 참전했다는 건가.

그래서 정예 부대는 문을 여는 데만 그녀들을 이용하고 그 뒤에는 보초로 세웠다.

그건 뭐랄까, 그녀들도 바라던 바가 아니었을 것이다.

남자 쪽 사정이나 허세나 의무감도 이해가 가지만 말이다.

◆ ◆ ◆

속죄의 회랑 출구 부근에서 라스카 씨가 멈춰서 벽을 조사하기 시작했다.

"음. 혹시 화살표로 표시되는 비밀 문?"

"화살표 같은 말 실제 대화에서 쓰지 마."

라스카 씨를 비롯한 이 세계 사람들이 나와 미아의 대화에 어리둥절해하고 있었다.

아무리 번역마법이라도 이런 미묘한 문화를 전하기는 곤란하겠지.

아니…… 이거, 문화……라고 봐야 하나?

"네. 경비병용 통로가 있을 텐데요……. 죄송합니다. 고도의 환영마법이 걸려 있는지 좀처럼 찾을 수 없네요."

"아, 마법으로 숨겨져 있는 거군요."

그런 거라면, 하고 나는 막 배운 부여마법 랭크 6, 마나 비전(mana vision)을 영창했다.

랭크 1마다 1분 동안 시야 안의 마나를 시각으로 파악할 수 있는 마법이다.

그 순간, 주위가 새빨갛게 물들었다. 나도 모르게 비명을 질렀다.

"왜, 왜 그래, 카즈 선배."

"괜찮으세요?!"

타마키와 아리스가 몸을 젖힌 나를 좌우에서 부축해줬다.

"아니, 괜찮아. 잠깐 놀랐을 뿐이야. 이 마법, 조절해야하나."

다행히 이미 하얀 방에서 비전의 조정 방법은 조사해 뒀다. 1분 정도의 시행착오를 거쳐서 만족스러운 결과를 얻었다.

하지만 역시 주위 전체가 마나로 물들어 있는 것은 달라지지 않았다.

이 통로 전체에 마법이 걸려 있는 거겠지. 그것도 영속적인 것.

이건…… 역시 이 사원이 쐐기인 것과 관계가 있는 걸까.

"나무를 숨기려면 숲에 숨겨라, 일지도 몰라."

미아가 나직하게 말했다. 음, 무슨 뜻이지?

"주위가 마나로 가득하면 비밀 문을 마법으로 숨겨도 다른 마나에 섞여 감지할 수 없는 거야. 탐지마법이 강한 TRPG라면 기본이야."

"그 치킨 레이스는 뭔데!"

하지만 뭐, 그런 거겠지. 루시아가 있으면 자세히 물을 수 있었을지도 모른다.

"이 근처에 있는 건 틀림없네요."

"네, 무당님과 그 주변 분들에게 들은 바로는 그렇습니다."

그러면 그 무당님을 믿어보기로 하자.

나는 라스카 씨를 물러나게 하고 주위의 벽면을 마나 비전으로 빤히 응시했다.

마나가 가득한 탓에 주변과의 차이는 잘 알 수 없지만…….

나는 벽면에 손을 댔다.

"디스펠 매직."

과연 그 선택은 옳았나 보다. 눈앞의 벽면이 슥 사라졌다.

"이거…… 환영마법이 아니라 벽 자체를 마법으로 만든 건가?"

"응. 그런 것 같아. 알았으면 땅마법으로도 어떻게든 했을지도 모르겠는데?"

"죄, 죄송합니다!"

"아, 신경 쓰지 마세요. 결과적으로 해결됐고, 이런 고찰은 다음 기회에 살릴 수 있으니까요."

미아는 미안해하는 라스카 씨 일행에게 "다음에는 잘해 보거라, 젊은이여"라며 가슴을 폈다.

상대는 네 두 배나 그 이상의 나이를 먹었는데 말이야.

여성의 나이를 화제로 꺼낼 용기는 없으니 침묵하겠지만.

자, 마음을 다잡고 비밀 통로로 들어갔다. 이곳은 캄캄했기 때문에 회중전등을 켰다. 오랫동안 방치됐는데도 불구하고 바닥에는 먼지 하나 떨어져 있지 않았다.

이것도 마법이려나. 마법은 너무 만능이다.

"앞서 돌입한 사람들에게는 여기를 가르쳐 줬나요?"

"일단 가르쳐는 줬지만, 잘 모르겠으니까 그대로 정면으로 돌입한다고 했어요."

아, 무모하군. 아니, 병사는 신속을 숭상한다는 건가. 일

일이 조사하며 행동하면 적에게 태세를 정비할 틈을 줄지도 모르니까.

그건 옳다고 생각한다. 그들이 전멸하지 않았다면 말이지만.

결과적으로 싸움에 지면 아무 소용 없다.

다른 지휘관에게 작전을 어떻게 하라고 할 수 있는 입장은 아니지만, 나라면 좀 더 안전하게 했을 것 같다. 그런 건 사고 방식의 차이에서 오는 거겠지.

좀 더 덧붙이자면 어째서 정예 부대는 그렇게까지 초조해한 걸까.

으음, 지금까지 얻은 정보만으로는 모르겠다. 그런데…….

"당신들과 돌입한 사람들, 통신 조개로 연락을 취했으면 되지 않았을까요?"

"그건 개방된 장소가 아니면 제대로 쓸 수 없습니다. 실내에서는 거의 못 써요."

"아, 그런 건 전파와 똑같은 거군요."

당연하지만 라스카 씨 일행에게는 전파라는 단어가 통하지 않았다.

제146화 갈 야스의 폭풍 사원 2

비밀 통로의 막다른 곳에는 미닫이 타입의 문이 있었다. 이 앞에는 병영의 통로다.

너머에서 보기엔 위장되어 있지만 만약을 위해 신중하게 나아갔다.

문을 타마키가 살며시 열었다.

회색 늑대가 통로로 달려 나갔다.

다행히 바로 습격당할 일은 없는 듯했다.

문 저쪽은 밝은 통로였다. 두 사람이 나란히 걸을 수 있을 정도의 폭으로, 천장이 오렌지색으로 빛나고 있었다. 마법의 인공조명일 것이다.

통로로 달려 나간 회색 늑대는 주위를 두리번거리며 내다보고 이쪽으로 고개를 돌려 작게 울었다. 안전하다는 뜻이다.

우리는 안심하고 어깨의 힘을 뺐다.

그와 동시에 퀴퀴한 공기가 감돌았다. 조금 단내도 났다.

"이 냄새…… 언데드가 있는 것 같아요."

라스카 씨가 중얼거렸다.

"언데드라면…… 좀비나 뱀파이어 같은 건가. 썩는 냄새는 안 나는데요."

"죽은 자의 육신은 이미 녹아서 뼈만 남았을 거예요. 일부 몬스터는 그런 백골을 촉매로 언데드라고 불리는 사역마를 만들어 냅니다. 언데드는 몬스터로 취급받지만, 소환에 마나 스톤을 필요로 하지 않아요."

아, 내가 소환하는 사역마 같은 느낌인가. 하지만 촉매로 백골이 필요하다고 한다.

그렇게 만들어진 스켈레톤은 즉, 쓰러져도 토큰을 내놓지 않는다.

언데드 몬스터를 쓰러뜨렸을 때 우리는 경험치를 얻을 수 있을까.

지금으로서는 경험치를 얻는 이유를 잘 모르겠지만.

토큰의 존재가 경험치와 관련돼 있다면…… 아니, 내가 시바를 죽였을 때도 경험치를 얻었으니 상관없나.

그렇다면 내가 소환한 사역마를 아리스가 죽여도 경험치는 들어오지 않는다. 아리스가 파티에서 빠져도 그렇다. 이건 하얀 방에서 이미 Q&A를 마쳤다.

뭐, 이걸 할 수 있으면 무한 레벨업이 가능하니까 대책이 마련돼 있는 것도 당연한가.

물론 이 시스템이 게임이나 뭔가일 때의 이야기지만, 지금까지 시스템의 설계자는 그럭저럭 열심히 샛길을 막고 있었던 것 같다.

"그런데 언데드가 여기에 있다는 건 즉, 언데드를 만드는 녀석도 여기에 있다는 뜻인가."

"그 가능성이 높다고 생각해요."

라스카 씨가 말했다. 미아가 저요, 하고 손을 들었다.

"음, 사령사 계열…… 언데드를 만드는 녀석은 어떤 몬스터가 있어?"

"잘 알려진 몬스터는 스켈레톤과 같은 하급 언데드를 사역하는 데스나이트일까요."

들어 보니 두꺼운 갑옷을 걸친 기사로 보이는 몬스터인 모양이다. 다만 갑옷 속은 텅 비고 갑옷 자체가 몬스터의 본체라고.

"떠돌아다니는 갑옷?"

"정말 그런 느낌 같네."

상상하기 쉬워서 고마운 몬스터다.

"하지만 로마리아 부근에 있는 잔챙이가 아닌 것 같아."

"입 다물어, 드래곤 퀘스트만 머리에 든 녀석아."

나와 미아를 제외한 사람들이 고개를 갸웃거리고 있다. 죄송합니다.

"그 밖에도 몇 가지 짐작되는 몬스터는 있습니다만……."

"가장 성가신 녀석을 가르쳐 주세요."

"그렇다면, 볼더 아라이라는 전설이 있습니다. 전설에 의하면 그것은 죽은 이의 신의 첨병으로서 살아 있는 신들을 사냥하는 존재, 즉 사신이라고 합니다."

사신이라, 아하하. 만나고 싶지 않네.

그보다 그 녀석, 틀림없이 신병급이겠네요! 만약 그런 게 기다리고 있다면 정예 부대는 전멸하겠네요!

"참고로 그 볼더 아라이는 어떤 언데드를 사역하나요?"

"몇 가지 언데드를 사역한다고 합니다. 그중 가장 강력한 종을 신을 죽이는 검사, 즉 갓 브레이커라고 부른다고 해요."

갓 브레이커. 번역 관계상 이것만 영어인 건…… 번역마법이 분위기를 파악했다는 건가. 딱히 상관은 없지만 중2병 같다.

아니, 상관없지 않다. 신을 죽일 수 있는 녀석을 사역하다니, 얼마나 강한 거냐 사신.

지금까지 만난 신병급과 비교해도 한층 위험할 것 같다.

그 녀석이 여기에 있다고는 단정할 수 없지만 말이다.

없으면…… 좋겠다…….

아아, 하지만 낙관적인 예측에 기초해 행동하는 건 절대 안 되니까…….

"카즈치, 도망치면 안 돼."

"알아. 제대로 할 거야."

그렇다, 제대로 할 것이다. 비밀 문에서 미아의 머리에 손을 올리고 머리카락을 난폭하게 쓰다듬었다. 미아는 "으" 하고 신음하며 나를 노려봤다.

"지금은 최대한 할 수 있는 일을 하자."

"구체적으로는?"

"내가 정찰을 할 테니까 그동안 호위를 부탁해."

나는 비밀 통로로 돌아와 한쪽에 앉았다. 그레이 울프에게 몇 가지 지시를 내리고 리모트 뷰잉을 건 다음 출격시켰다.

회색 늑대는 발소리를 죽이고 통로 안쪽으로 나아갔다.

뒤에서 비밀 통로가 닫혔는지 그레이 울프의 귀가 쫑긋 움직였다.

늑대라서 청각도 우수하니까 이런 좁은 장소에서도 분명 탐지 역할로 활약해 줄 게 틀림없다.

큰 방 앞에서 그레이 울프의 움직임이 멈췄다.

늑대는 천천히 고개를 들었다.

분명 그 청각은 몬스터의 소리를 감지하고 있겠지만, 리모트 뷰잉은 소리까지 잡아내지 않기 때문에 이 녀석이 무엇에 반응하는지 알 수 없다.

하지만 가만히 정찰하는 중에 대강 상황을 이해할 수 있었다.

방 안쪽, 여기에서 보면 테이블과 소파에 막혀 보이지 않는 곳에 뭔가가 있다.

게다가 이대로 늑대가 안으로 들어가면 감지될 가능성이 있다.

그레이 울프에게 주어진 사명은 발견될 것 같으면 돌아와라다.

늑대는 내 명령에 충실하게 행동했다.

몸을 돌려 통로를 돌아갔다.

이번에는 통로 반대편을 탐색했다. 그쪽은 막다른 곳으로, 금고인 듯했다. 몬스터에 의해 부서진 흔적은 있지만 사람이 없는 듯했다.

돌아온 그레이 울프의 머리를 수고했다며 쓰다듬었다.

그 후 디포테이션으로 송환해 MP로 변환했다.

"미안, 결국 몬스터가 뭔지까지는 알 수 없었어."

"응. 있는 걸 안 게 중요해. 저쪽에 탐지되지 않은 것도 나이스."

"맞아. 상대가 뭐든 내가 해치울게!"

위세 좋게 그리 선언하는 타마키에게 너는 역시 좀 모자라지만 귀엽구나 하는 시선을 보냈다. 내가 왜 응시하는지 모르는 기색으로 타마키는 싱글거렸다.

"그러면 평소 스타일로 갈까? 미안하지만 파티에 들어올 수 없는 라스카 씨 일행은 뒤에서 대기해 주세요."

"적의 정체를 모르는 이상 어쩔 수 없네요."

여기를 라스카 씨 일행에게 맡기는 것도 방법이기는 하다.

하지만 그건 이 상황을 얕보는 것이다. 적의 전력을 알 수 없으니까 여기서는 기본에 충실하게 최강 전력을 정석적인 전술로 투입해야 할 것이다.

그녀들은 길 안내역으로 귀중한 인재다. 쓸데없는 싸움으로 힘들게 만들고 싶지는 않다.

아아, 그녀들을 입구에 대기시킨 남자들의 마음을 지금이라면 아주 잘 알 것 같은 기분이 든다.

부여마법을 대강 건 후, 내 디플렉션 스펠로 미아가 사일런트 필드와 그레이터 인비저빌리티를 걸었다.

서로 손을 잡은 아리스와 타마키의 어깨를 가볍게 두드렸다.

둘이 큰 방을 향해 달려 나갔다.

나는 미아와 손을 잡고 그녀들을 쫓았다. 모두에게는 내가 보이지 않지만 내게는 모두가 보인다. 여기서 문제는 타마키와 아리스가 팀킬을 하는 것인데…… 지금은 손을 잡고 있으니까 괜찮은가.

이것은 두 사람의 우정 파워를 믿고 싶다.

우리의 10m쯤 앞에서 아리스가, 이어서 타마키가 방으로 돌입했다.

좋아, 이대로…….

아, 타마키의 옷자락이 소파 끝에 걸렸다.

넘어졌다.

손을 잡고 있던 아리스도 허를 찔려 비틀거렸다.

너, 너희들…… 뭐 하는 거야…….

나는 허탈해지는 마음을 다잡고 방 입구에 멈춰 섰다.

아까 그레이 울프가 서 있었던 장소에 섰다. 그 사역마는 키가 작아서 이 광경이 보이지 않았다.

안에 선 몬스터 네 마리를 귀와 코로밖에 탐지하지 못했지만, 내 키라면 방 전체를 볼 수 있었다.

백골 사체가 이과실의 인체 표본처럼 바로 서 있었다.

컴퓨터 RPG에서 자주 보는 스켈레톤이다.

스켈레톤은 녹슨 금속제 흉갑을 입고 머리만 덮는 투구를 쓰고 있었다. 팔다리에도 방어구를 장착하고 오른손에는 역시 녹슨 검을, 왼손에는 둥글고 작은 방패를 들고 있었다.

해골의 눈구멍 안쪽에서 두 개의 붉은 빛이 수상하게 빛나고 있었다.

그 녀석들이 네 마리 모두 이쪽으로 향했다.

아, 당연히 위치를 들킨 건가? 아니, 시선이 전혀 맞지 않았으니까…… 대략적인 위치를 안 건가.

어느 쪽이든 기습은 실패다.

정공법으로 싸울 수밖에 없을 듯했다.

학교 교실만한 방에 있던 것은 스켈레톤 네 마리.

이곳은 병영의 오락실인지, 테이블로 짐작되는 대 위는 게임판으로 꾸며져 있었다.

장기나 바둑처럼 눈금이 그어져 있고 중앙에 돌기물 같은 것이 있었다. 말로 보이는 엄지손가락 크기의 금속제 인형이 게임판 위에 흩어져 있었다.

일반 병사가 금속 말을 쓸 수 있다니 왠지 판타지 세계치고 사치스러운 느낌이 들지만…… 그것도 이 사원의 풍족함과 부패를 나타내는 것일까.

그런 건 아무래도 좋지만 말이다.

문제는 이 스켈레톤의 실력이다. 위저드리에서는 가장 약한 몬스터이지만, 라스카 씨에게 들은 바로는 사령술로 만들어지는 스켈레톤에게는 몇 가지 랭크가 있다고 한다.

그중 가장 약한 건 오크와 비슷한 실력이라나.

가장 약한 녀석들을 뉴비 스켈레톤이라고 호칭했다.

그 위 랭크는 고참 병사에 필적한다니까 베테랑 스켈레톤이다.

더 위 랭크도 존재하고 엘리트 오크보다도 강하다고 하니까 이것은 나이트 스켈레톤이라고 부르자.

또한 그 이상의 개체도 존재한다고 하지만 역시 그 실력의 정도는 알 수 없는 면이 있다. 일단 스켈레탈 챔피언이라는 이름이 문헌에 남아 있다고 한다.

마법을 사용하는 개체도 있다고 하니 그 녀석들은 메이지 스켈레톤이라고 부르기로 했다.

자, 눈앞의 네 마리는 어떤 랭크의 스켈레톤일까. 무기는 녹슨 검에 방어구도 녹슬어 있으니까 얼핏 대단하게 보이지는 않는데.

사일런트 필드 마법에 의한 침묵의 결계가 계속되는 가운데, 한 번 넘어졌던 타마키와 아리스는 바로 일어나 움직이는 해골에게 돌진했다.

스켈레톤 한 마리가 방패를 들었지만 타마키가 조금 떨어진 위치에서 은검을 휘둘렀다.

검기가 날아 방어 위에서 그 몸을 부쉈다.

금발 소녀는 상대의 자세가 무너진 곳을 파고들어 비스듬히 일섬.

스켈레톤의 눈구멍 안쪽에서 붉은 빛이 사라졌다. 움직이는 해골은 원래대로 그저 뼈로 돌아가 힘없이 조각조각 무너졌다.

아리스 역시 거의 동시에 상단으로 찌르기를 날렸다.

창끝이 길게 뻗어 스켈레톤의 머리에 꽂혔다. 두개골이 산산이 파괴되어 순간 경직한 후 제각기 뼛조각으로 돌아가 허물어졌다.

움직임을 멈춘 뼈는 바닥에 떨어져 그 자리에 남았다. 다른 몬스터처럼 모습이 사라지지 않았다. 보석도 생기지 않았다.

역시 이 녀석들은 쓰러뜨려도 토큰은 입수 못 하는 건가.

현재로는 경험치가 들어오는지 들어오지 않는지도 불명이다.

아리스와 타마키가 너무 대단해서 이 녀석이 강한지 아닌지도 알 수 없다.

아, 내 늑대와 싸우게 했으면 그것도 판명됐으려나.

아리스와 타마키는 나머지 스켈레톤 두 마리도 순식간에 해치웠다. 미아가 그레이터 인비저빌리티와 사일런트 필드를 해제했다.

나와 미아는 얼굴을 마주 보고 쓴웃음을 지었다.

"학살이네."

"응. 하지만 이게 나아."

미아는 어깨를 으쓱거렸다.

"방심해서 피해를 입는 것보다는 훨씬 나아."

"아아, 그건 그래. 음, 나는 그만 대충 할 뻔했어."

"컴퓨터 게임이라면 힘으로 강행해서 밀어볼 법 하겠지만, 아니니까."

미아의 말이 옳다. 이건 컨티뉴가 없는 목숨을 건 게임이다. 이 몸과 동료들의 몸을 걸고 싸우고 있는 이상 어설픈 방법은 쓸 수 없다.

"지금까지는 떨어뜨리는 보석의 정도로 강함을 판별할 수 있었는데 말이야."

"돈을 떨어뜨리지 않는 몬스터라니, 쩨쩨한 던전이야."

던전이라고 하지 마.

물론 확실히 RPG로 말하자면 이건 실제로 던전이기는 하다.

우리는 주위에 몬스터가 없는 것을 확인한 후 라스카 씨 일행을 불러 이 앞의 루트를 생각했다. 라스카 씨가 말하기로는, 사령술사는 이 사원의 중심부, 갈 야스의 심장이라고 불리는 거대한 보석 근처에 있는 것으로 보인다고 한다.

"갈 야스의 심장……. 그건 즉, 그 쐐기인 건가요?"

"네. 대륙을 고정시키는 다섯 개의 쐐기 중 하나, 그것이 갈 야스의 심장이에요. 보면 한눈에 알 수 있을 거예요. 무려 오우거의 몸보다 큰 구형의 붉은 보석이니까요."

"우와, 길이 3m짜리 루비라는 거야?"

타마키가 눈을 반짝거렸다. 여자아이답게 빛나는 물건에 흥미가 있는 듯했다.

아니, 강아지답게 그런 것일지도 모르지만.

참고로 갈 야스의 심장이 있는 예배당은 여기에서 꽤 가까운 모양이다. 지하 통로를 지나 직접 예배당으로 가는 루트가 존재한다고 했다.

언제든지 병사를 예배당으로 보낼 수 있다는 뜻인가. 방범 면에서는 그게 올바르려나.

병사들이 늘 충성을 맹세한다는 전제가 있어야 하지만.

뭐, 멸망한 국가의 구조는 아무래도 좋다. 편리한 통로가 있다면 사용할 뿐이다.

이 앞은 비밀 통로가 아니니까 도중에 몬스터가 지키고 있을 가능성이 높다고 한다. 그건 어쩔 수 없다.

우리는 회색 늑대로 때때로 적의 존재를 확인하며 전진했다.

아무래도 언데드 특유의 냄새가 있는지 늑대의 후각이 탐지할 수 있었다. 여기의 공기가 정체되고 언데드와 상관없는 썩은 내가 사라져서 가능한 것일지도 모른다.

우리의 귀여운 그레이 울프는 통로에서 대기하는 스켈레톤을 멋지게 발견했다.

시험 삼아 아리스와 타마키를 따라서, 고립된 통로 위에 있던 스켈레톤에게 라스카 씨를 돌진시켰다.

라스카 씨는 약간 고전하면서도 워해머로 몬스터의 두개골을 부쉈다.

"베테랑 스켈레톤인 것 같네요."

그녀의 평가를 믿기로 했다. 여기의 잔챙이는 최소한 스켈레톤 스킬이 랭크 3 정도는 있다는 뜻인가.

아니, 스켈레톤인데 스킬이라고 해도 좋을지는 둘째 치고.

다음은 아리스의 차례다.

실은 치료마법 랭크 3에 홀리 볼트(holly bolt)라는 마법이 있다. 그 이름대로 대 언데드 특공, 다만 보통 몬스터에게는 전혀 효과가 없는 공격마법이다.

실내에 고립된 스켈레톤에게 이 홀리 볼트를 날리게 했

다. 마법으로 만든 빛나는 창을 어깻죽지에 맞고 스켈레톤은 크게 비틀거렸다. 손에 든 검을 떨어뜨렸다.

"한 발 더, 아리스."

"네. 홀리 볼트."

두 번째 빛나는 창은 고관절에 명중했다. 무심코 몸을 움츠리게 되는 일격에 스켈레톤의 허리가 부서졌다.

뼈로 된 몬스터는 바닥에 쓰러져 그대로 움직이지 않게 됐다.

"두 발에 KO인가. 상당한 위력이네."

"응. 하지만 지금의 아리스라면 그냥 때리는 게 더 강해."

그건 그렇겠지.

일단 원거리 무기로 용도가 있을지도 모른다. 치료마법의 랭크 7에는 이것의 상위 버전도 있으니까 그것을 배우면 때리는 것보다 강할지도 모르지만.

그렇게 말하지는 않았다. 아리스의 선택은 전열에서 타마키의 옆에 서서 그녀를 보조하는 것이었으니까.

살짝 내키지 않는 얼굴을 하고 있으니 그녀 자신도 그것을 알고 있을 것이다.

일단 그녀의 머리를 부드럽게 쓰다듬었다. 아리스는 나를 올려다보고 부끄러운 듯이 웃었다.

"카즈치, 던전에서 러브 코미디 오라는 엄금이야."

"아, 네, 죄송합니다."

미아에게 혼났으니 진지하게 가자. 나중에 하얀 방에 갔을 때 아리스의 투정을 더 받아 주면 된다.

뭐, 아까 메키슈 그라우 때 전원이 레벨업했으니까 다음 레벨업은 당분간 멀었지만.

지금 이 스켈레톤들이 경험치를 주는지도 알 수 없고.

진공 루트 위에 있거나 그 주위에 있는 스켈레톤을 척척 해치워 갔다. 나는 내버려 두자고 했지만 미아가 반대했기 때문이다.

"나중에 경보가 울려서 단체 애드라도 나면 위험해."

"애드가 뭔데?"

"인터넷 게임 용어로, 몬스터가 우르르 몰려오는 거야."

아리스의 의문에 미아가 대답했다.

인터넷 게임 용어인 건 그렇다 치고, 미아가 하는 말은 지당했다. 지금은 강력한 범위 화력 공격을 가진 루시아가 없으니 한층 신중하게 가야할 것이다.

스켈레톤이 세 마리 있는 방, 네 마리 있는 방을 처리하자 타마키가 레벨업했다.

오, 다행이다. 이 녀석들도 제대로 경험치를 주는구나.

◆ ◆ ◆

하얀 방에서. 우리는 우선 경험치를 계산했다.

"타마키가 레벨업했고, 타마키보다 경험치 합계가 50 적은 미아가 레벨업 못 했다는 건……."

"베테랑 스켈레톤의 레벨은 5 정도일까요."

아리스가 고개를 갸웃거렸다.

같은 레벨 5라도 엘리트 오크보다는 약한 것 같다. 몬스터도 스킬 제도가 있다고 가정하면, 뭔가 불필요한 곳에 포인트를 준 거려나.

아리스가 말하기에 힘이 아주 셌다고 했으니 육체 스킬 등을 가지고 있을지도 모른다.

"그리고 투명 상태에 소리도 없는 이쪽을 감지했어."

미아가 지적했다. 그렇군, 그것도 스킬이겠지.

그만큼 순수 전투력이 줄어들었나?

바닥에 책상다리를 하고 앉아 그런 가정을 의논했다. 또한, 내 다리 사이에는 아리스가 다소곳이 앉아 있었다.

아리스의 엉덩이…… 따듯하고…….

아, 그렇게 꿈지럭대지 말아요. 못된 아이가 일어나 버려요.

허리에 두른 손에 힘을 살짝 실었다.

아리스가 나를 돌아보고 "정말" 하고 조금 화난 척을 했다. 그런 행동이 괜스레 귀엽다.

나도 모르게 히죽 웃었다.

어느새 타마키와 미아가 내 좌우에 와 있었다.

"아리스만, 치사해."

"응, 치사해."

두 사람이 손을 뻗어 내 뺨을 할퀴었다.

네. 죄송합니다. 너무 러브러브했네요.

깊은 반성의 뜻을 담아 큰절을 했다.

"음. 에잇."

미아가 우쭐해져 내 머리를 짓밟았기 때문에 다리를 잡아 넘어뜨렸다. 그대로 4자 꺾기에 들어가려 했지만…… 아, 이 녀석 기뻐하고 난리야.

"어째서 기술을 걸다 마는 거야, 카즈치."

"네 변태 같은 부분이 기뻐하는 건 둘째 치고, 왠지 뼈가 부러질 것 같아서……."

"어차피 아리스 찡이 고쳐 주는데?"

뭐, 그야 그렇기는 하지만. 여자애한테 고통을 주고 기뻐하는 취미는…… 딱히 없으니까. 그렇지? 하고 아리스 쪽을 봤다.

"어어…… 그렇……죠."

어째선지 아리스가 시선을 돌렸다. 잠시만요, 오해가 있어요, 심각한 인식의 착오가 있어요.

"응. 유죄."

누워 있던 미아가 눈을 게슴츠레 뜨고 말했다.

"따라서 카즈치는 나와 타마키 찡도 더욱 신경 쓸 것."

"뭐, 작전 회의가 끝나면."

일단 지금은 회의가 우선이다.

여러 가지 정보가 들어왔으니 말이다.

다음으로 검토해야 할 것은 적의 전력에 대해서.

아니, 언데드 몬스터에 대해서다. 일단 전에 Q&A로 이 세계에도 좀비 종류가 존재한다는 사실은 확인했다.

계기는 아까 아리스가 사용한 언데드 특공마법의 존재였다.

이런 것이 있다면 언데드 몬스터도 있는 건가.

전에 그 물음에 대해 하얀 방의 주인은 예스라고 답했다.

"새삼스럽지만 PC에 끈질기게 질문해볼까. 미아, 도와줘."

노트북 맞은편에서 다시 여러 가지 Q&A를 해 봤다. 그리고 판명된 언데드 몬스터의 특징은 이하대로다.

• 언데드 몬스터는 언데드 특공 공격에 약하다.

이건 뭐, 당연하다. 확인할 것까지도 없는 일일지도 모르지만 만약을 위해서 했다.

• 언데드 몬스터는 특수한 예외를 제외하고 호흡을 하지 않는다.

중요한 점이다. 예를 들어 언데드 몬스터가 있는 층에 독가스를 뿌려도 의미는 없다. 반대로 적이 그런 짓을 할 가능성도 고려해야 한다.

• 언데드 몬스터에게는 독처럼 생명 전반에 효과가 있는 공격이 통하지 않는다.

또한 매료 및 사고나 감정을 조작하는 마법도 효과가 없다. 예를 들어 루시아가 자주 쓰는 불마법 랭크 6, 드레드 플레어도다.

대략 좀비 영화의 종합 같다는 느낌일까. 다만 좀비에게 물려도 감염은 되지 않는다. 다행스러운 일이다.

"통각도 없는 것 같아. 히트 메탈도 안 통해."

"직접 공격 이외의 수단이 꽤나 막히겠어."

"발을 묶기가 곤란해. 직접 화력으로 날려 버려야 해. 루시아의 마력 해방을 온존할 걸 그랬나?"

그건 뭐라 말하기 어렵다.

거기는 속공을 펼칠 때였고, 루시아의 MP에는 전투 외에 사용 방법이 거의 없지만 내 MP에는 여러 가지 용도가 있다.

"그리고 여기는 통로도 좁아. 장소를 골라 싸우면 좀비 대군에게 압사당할 일은 없을 거야."

"적이 잔뜩 오면 처리하느라 버벅대는 걸 노릴까?"

"버벅대는 경우가 있는 게임이라면 좋겠다!"

유감이지만 이건 현실이라 아무리 한 곳에 캐릭터가 모여도 그래픽 보드의 한계는 찾아오지 않는다. CPU도 대군 조작에 버거워 하지 않는다.

한 장소에 군대 레벨로 사람이 모이면 범위공격마법의 알맞은 먹이가 될 뿐이지만.

"응. 언데드의 태반은 암시를 보유하고 있대. 스켈레톤은 안구가 없으니까 마나로 시야를 확보하는 것 같아."

Q&A를 다시 반복한 미아가 그런 것까지 조사했다. 아, 마나 감지 같은 거라서 인비저빌리티가 통하지 않은 건가.

다만 눈에 보이지 않았던 아리스와 타마키의 공격에 대응이 조금 늦었으니 완전히 마나의 움직임으로만 판단하는 것은 아닌 듯하다.

구체적으로 어느 언데드가 어떤 감각 기관을 가졌는지까지는 Q&A로 판명할 수 없었다. 그건 실전에서 확인하라는 건가.

하얀 방의 주인의 어딘가 선을 긋는 대응은 평소와 똑같으니 어쩔 수 없다.

"그레이 울프가 방 입구까지 몰래 접근했을 때는 반응하지 않았어."

"게임으로 보자면 방에 들어가는 게 트리거일 가능성이 있어."

그건 너무나도 게임 같다고 생각하지만, 일단 검토 사항으로 넣어볼까.

"다음에 실내에 스켈레톤이 있으면 확인해 보자."

하나하나 시험할 수밖에 없을 것이다. 우리는 의견을 더

욱 교환했다.

그 후, 휴식을 취해 긴장을 풀었다.

그 참에 조금 침울해진 아리스를 위로하고 그녀가 만족할 때까지 머리를 쓰다듬었다.

그것을 보고 다가오는 타마키와 미아의 머리는 난폭하게 만졌다.

"웃, 카즈 선배, 차별이야!"

"단호하게 항의한다."

아리스가 쓴웃음을 지으며 "모두에게 공평하게 부드럽게 해주세요"라고 말했다.

어쩔 수 없이 두 사람의 머리를 부드럽게 쓰다듬어 줬다.

함께 눈을 가늘게 뜨는 타마키와 미아.

"그런데 아까 일 말인데."

미아가 나를 올려다보며 중얼거렸다.

"카즈치, 그 여기사에게 안겼을 때 냄새난다고 생각했어?"

"응, 실은 조금……."

아리스와 타마키가 황급히 자신의 체육복 냄새를 맡았다.

안심해요, 두 사람 다 괜찮아요. 그리고 배꼽 보여요.

"그 사람들, 아마 목욕 관습이 없는 걸지도?"

"어? 그거 불결하지 않아?"

"일본과 달리 습도가 낮은 유럽에서는 보통 아닐까?"

역시 미아, 쓸데없는 걸 잔뜩 알고 있구나.

"다만 그녀들의 경우에는 갑옷 때문이려나."

"검도복이 푹푹 찌는 것과 똑같아."

여러모로 이해가 된다.

실제로 그녀들도 우리도 생명의 위험과 마주하고 있으니까 그런 사소한 일로 일일이 얼굴을 찌푸리는 쪽이 이상하지만.

애초에 전장에 자욱한 피 냄새나 썩은 내와 비할 바가 아니다.

"저기, 카즈 선배!"

타마키가 얼굴을 휙 내밀었다.

"이 싸움이 끝나면 소환마법으로 오두막 꺼내 줘, 알았지?! 부탁해."

"으음, MP를 낭비하는 거 아닐까……."

"아, 안 돼?"

매달리는 듯한 눈으로 응시했다.

으으, 그렇게 보면 안 된다고 말하기 괴롭잖아…….

"알겠습니다, 선처해 보죠, 레이디."

"와, 야호."

깡충깡충 뛰는 타마키. 아리스도 기쁜 듯했다.

나는 쓴웃음을 지으며 미아와 얼굴을 마주 봤다.

"카즈치, 실은 냄새 페티시라고 고백할래?"

"그건 예상을 초월하는 전개인데?"

"프랑스인에게는 흔히 있다고 인터넷에서 읽었어."

그거 진짜인가.

우리는 잡담을 즐긴 후 원래 장소로 돌아왔다.

타마키의 스킬 포인트는 물론 그대로 됐다.

타마키 : 레벨 29 검술 9/육체 4 스킬 포인트 3

◆ ◆ ◆

방 여기저기를 들여다보며 스켈레톤을 찾았다.

하얀 방을 나오고 세 번째 문을 연 바로 그때.

베테랑 스켈레톤 두 마리가 문을 연 타마키에게 같이 달려들었다.

"왓, 아직 안에 안 들어갔는데!"

"미아의 가설이 빗나갔을 뿐이야. 넌 자잘한 건 생각하지 마!"

타마키는 "알았어, 생각 안 해!"라고 외치고 스켈레톤에게 맞섰다.

순식간에 한 마리를 베었다. 여기서 미아가 레벨업했다.

◆ ◆ ◆

하얀 방에서.

"미안했어. 구역 사수 AI 가설은 틀린 것 같아."

"신경 쓰지 마. 여러 가지 의견이 있는 게 좋아. 그리고 AI

라고 하지 마."

"벌칙 게임은 없어? 야한 벌을 기대했는데."

이 녀석은 글렀어.

적 한 마리가 아직 있기 때문에 바로 원래 장소로 돌아
왔다.

미아의 스킬 포인트는 그대로 됐다.

미아 : 레벨 29 땅마법 4/바람마법 9 스킬 포인트 3

다른 스켈레톤 한 마리도 처리하고 전투 종료.

라스카 씨 일행이 다가왔다. 그녀들의 이야기에 의하면,
이 근처에 갈 야스의 심장이 안치된 방으로 가는 통로가 있
다고 했다.

이대로 몬스터를 계속 처리하며 레벨업을 노릴까.

바로 갈 야스의 심장을 목표로 할까.

망설여지는데…….

"밖에서는 병사가 아직 싸우고 있어요. 여기서 싸움을 한
시라도 빨리 끝내야 해요."

라스카 씨가 망설이는 우리를 설득했다. 그야 그런가. 그
녀들 입장에서 보면 동포가 피를 토하며 시간을 벌고 있으
니 말이다.

그런 와중에 입구 대기를 명령받아서 불만, 거기에 최대 전력인 우리가 조잡한 행동을 하고 있으니 또 불만스럽게 생각해도 어쩔 수 없다.

아니, 어느새 게임 감각이 된 이쪽이 잘못했다.

"알겠습니다, 갈 야스의 심장을 목표로 하죠."

경험치를 얻고 레벨업하는 우리만의 설정이 문제로군.

그런 생각을 하면서 회색 늑대의 정찰로 사원 중앙으로 향하는 루트 위의 몬스터를 탐사하며 전진했다.

베테랑 스켈레톤 세 마리를 더 처리했다.

여기서 내가 레벨업.

◆ ◆ ◆

하얀 방에서 둥글게 앉아 반성회를 열었다.

"음. 현지 주민의 목소리에는 설득력이 있어."

"너는 이 지경에 와서도 한마디를 하는 거냐."

"실제로 우리는 우리 일만으로 벅차."

미아는 이런 면에서는 영리하고 냉정하다.

우리의 이익이 가장 커지는 의견을 내주는 건 아주 기쁘다.

음, 알고 있다. 결단하는 건 나다. 툭하면 어설픈 의견에 휩쓸리는 아리스나 타마키가 있기 때문에 미아는 이런 입장을 견지하는 것이다.

하여간에 여전히 그녀가 파티에서 가장 어리다는 생각

이 들지 않는다. 그 닌자의 동생이라고 생각하면 납득이 가지만.

"실제로는 어떨까."

"어떻다니요, 카즈 선배?"

"으음. 이번에는 그녀들의 제안을 받아들였지만, 그 의견을 무시한 경우 우리에게 불이익이 있었을까?"

다 같이 검토했다. 현지 사람들과의 우호가 우리에게 어느 정도의 의미를 가져오느냐. 미아의 "힘이 전부야. 그녀들은 약해. 우리에게 거역할 수 없어…… 라는 사고방식도 있어"라는 엄격한 말에 논리적인 반발은 하기 어려웠다.

"하지만……."

아리스가 곤혹스러운 듯이 나를 봤다.

"왠지 그건 쓸쓸해요. 괴로워요."

그 말이 아리스의 본심이라는 것을 알기 때문에 곧장 내 마음에 울렸다. 쓴웃음을 짓고 말았다.

아리스는 내 표정을 어떻게 착각했는지 황급히 고개를 저었다.

"죄, 죄송해요. 저는 그럴 생각은…….."

"아니, 괜찮아. 내가 틀렸을지도 몰라. ……그렇지. 이치로는 그럴지도 모르지만 그것만이 아니겠지."

아리스의 머리를 슥슥 쓰다듬었다. 소녀가 웃었다.

카즈히사 : 레벨 34 부여마법 6/소환마법 9 스킬 포인트 2

스킬 포인트는 부여마법을 위해 쌓아 두고 원래 장소로
돌아왔다.

사원 안을 계속해서 나아갔다.

선행 부대와 만나지 못할 뿐만 아니라 우리가 내는 것 외에 소리 하나 없었다.

사원의 벽이 두껍기 때문일까.

마법으로 정적을 유지하고 있을 가능성도 있다.

결코 각국의 정예 부대가 전멸한 것은 아니라고…… 생각하고 싶다. 라스카 씨에 의하면, 우리가 있는 병영 방면은 선행 부대의 루트에서 꽤 떨어져 있는 것 같다고 했으니.

서로 협력 못 하고 각각 다른 방향으로 진공하는 건 효율이 떨어진다.

사전 협의는 전혀 없었고, 애초에 선행 부대는 우리의 존재를 염두에 두지 않았을 테니까 어쩔 수 없는 일이지만.

"이 앞이 폭풍 사원 중심부, 제1 수련장이에요."

어떤 방의 입구에서 라스카 씨가 말했다.

아니, 출구……인가? 부서진 문 앞은 실내인데도 식물이 빽빽한 밀림이었다.

밀림인데 천장이 있다. 태양처럼 하얀 빛을 내뿜는 천장의 높이는 적어도 15m 이상. 20m일지도 모른다.

작은 새가 나무들 위를 날아다니고 있었다. 얼핏 보기에도 평화로운 광경이다.

"이건…… 그야말로 판타지라고 해야 할까, 오히려 SF의

돔 도시 같은 느낌이라고 해야 할까."

"갈 야스의 심장이 뿜어 내는 마나 덕분에 식물의 범람이
일어났다고 해요."

"응. 이미 수수께끼의 에너지네."

미아의 말에 동의할 수 없었다. 정말 마나만 있으면 뭐든
할 수 있는 건가.

할 수 있겠지…….

"여기가 수련장이라면 장치나 함정이 있는 건가요?"

"과거에는 어엿한 수행의 장이었다고 전해지고 있지만,
몬스터에게 습격당한 당시에는 이미 이런 상태였던 것 같아
요. 심장까지 이르는 길도 곧게 나 있었다고 하는데, 그쪽
은 식물의 생육에 파묻힌 상태네요."

라스카 씨의 말대로 문에서 한 걸음 앞은 이미 덩굴 식물
이 무성한 녹색의 세계로, 바닥……이 아니라 지면도 잡초
에 뒤덮여 있었다.

이 상태라면 과거의 길을 찾기보다 처음부터 목적지로 곧
장 향하는 편이 편할 것이다.

"미아, 이만한 자연이 있는데 윈드 서치는 쓸 수 있겠어?"

"안 될 것 같아. 그건 어디까지나 실외 한정이야. 여기는
천장도 있고 실내야."

바람마법의 랭크 6, 윈드 서치(wind search)는 상당히
넓은 범위를 자연의 바람의 흔들림을 통해 감지하는 마법
이다.

다만 자연의 바람이라는 점이 성가셔서, 인공적인 공간에서는 정확도가 현저히 저하된다. 실내에서는 나무들에 둘러싸인 이런 공간이라도 사용할 수 없다나.

"방향은 알고 있어요. 숲을 베며 곧장 향하죠."

"하늘을 날아가는 방법도 있는데요……."

"갈 야스의 심장은 이 공간의 안쪽에 있어요. 그곳을 지키는 몬스터가 있으면 저격당할 우려가 있어요."

그렇군, 저격인가. 이것은 라스카 씨의 말대로이겠지.

할 수 없다, 착실하게 숲속을 걸어갈까…….

그렇게 포기했을 때였다.

숲 안쪽에서 요란한 폭발음이 울렸다. 충격파로 나무들이 흔들렸다.

미아가 재빨리 플라이를 사용해 나무 위로 날아올랐다.

"음. 흙먼지가 일어나서 구름이 됐어."

"얼마나 떨어져 있어?"

"여기서 곧장, 저쪽 벽이야."

라스카 씨가 "갈 야스의 심장이 안치된 부근이에요"라고 말했다.

"정예 부대와 심장을 지키는 몬스터의 싸움이 시작된 걸까요……."

"그런 것 같아."

아리스의 말에 동의하고 미아를 불러 돌아오게 했다.

그동안 나는 사역마를 소환했다. 부른 것은 물론 내 비장의 카드, 환랑왕 샤 라우다.

말보다 거대한 늑대가 내 앞에 무릎을 꿇었다.

"샤 라우. 또 부탁해."

『주인이여, 명령대로 하겠다.』

아무래도 몇 시간 전의 영향은 남아 있지 않은 듯했다. 하얀 방의 Q&A로 안 사실이기는 하지만 안심했다.

『무사해서 다행이다.』

환랑왕의 커다란 푸른 눈동자가 나를 응시하며 빙글빙글 움직였다.

그 역시 나를 만나고 안심한 걸까. 그의 입장에서 보면 자가라지나에게 쫓겨 도망치던 차에 사라졌으니 말이다.

아니, 추억담은 나중에 나눠도 된다. 뒤에서 라스카 씨 일행이 놀라고 있지만 그것도 무시했다.

샤 라우에게 정석적인 부여마법을 재빨리 걸었다.

"이 숲 건너에서 전투가 시작됐어. 나무 위를 아슬아슬하게 날아가. 인비저빌리티도 사일런트 필드도 없어."

『알았다, 주인이여.』

"라스카 씨 일행은 죄송하지만 뛰어서 와주세요."

파티 외 취급인 그녀들에게까지 플라이를 걸 시간과 MP가 아깝다.

디플렉션 스펠로 건 플라이로 우리 네 명과 샤 라우가 나무 위까지 날아갔다. 안쪽을 보니 마침 또다시 연속해서 폭발이 울렸다.

역시 저기에서 전투가 발생했다.

"앞선 사람들이 적의 전력을 줄인 걸 전멸시키면 어부지리로 경험치도 얻을 수 있어."

"미아. 그렇게 쓸데없이 결점을 드러내 보이는 건 딱히 멋있지도 않고 모에스럽지도 않아."

"치."

나무 바로 위를 날아가면서 그런 대화를 나눴다. 가끔 지나치게 자란 나무가 천장까지 뻗어 있는 부분도 있어서 그런 곳은 돌아갈 수밖에 없었다.

덩굴이 제멋대로 뻗어서 그물처럼 된 부분도 있었지만 이건……

"내게 맡겨."

선두로 날던 타마키가 10m 정도 앞에서 은색 검을 일섬했다. 검에서 튀어나온 마나의 칼날이 천장까지 기어가는 덩굴 식물을 양단해 길을 열었다.

우리는 곧장 그 일대를 빠져나갔다.

폭발의 연기가 가심과 동시에 숲이 갈라지고 그 너머의 광장이 보였다. 광장 중앙에서 쏘아진 붉은 빛이 눈에 들어왔다.

대좌 위에는, 사람 키의 두 배 가까이 크고 루비색으로 빛나는 팔면체가 직립해 있었다.

저게 갈 야스의 심장. 이 대륙에 박힌 다섯 개의 쐐기 중하나. 그것 자체가 거대한 마나를 공급하고 있었다.

갈 야스의 심장 바로 옆에서는 몬스터 하나가 다른 것을 압도하는 위압감을 내고 있었다.

얼핏 본 느낌으로는 단순히 너덜너덜한 검은 후드 달린 로브를 걸치고 등이 굽은 남자다.

하지만 그 키는 진홍빛 결정체와 나란히 서도 조금 작아 보일 정도였다.

즉, 그 몬스터는 키가 2.5m 정도는 되는 것이다. 게다가 그 손에 있는 것은 본인보다 큰 양손 낫이었다.

또한 그 태반이 후드 안쪽에 가려진 얼굴이 힐끗 보였다. 비쩍 말라서 광대뼈가 드러난 유령 같은 생김새의 남성. 눈 구멍 저쪽의 두 눈이 오싹할 만큼 붉은 빛을 내고 있었다.

"우왓, 진짜 사신 같아."

저도 모르게 나온 타마키의 중얼거림. 그 말이 그야말로 정곡을 찌른 듯했다.

그렇다, 저것은 사신이다.

신병급 사령술사 몬스터, 볼더 아라이.

그 주위를 스켈레톤 열 마리가 둘러싸고 있었다. 그리고 왼편 안쪽, 이 광장에 있는 또 하나의 입구 근처에는 쉰 명 정도 되는 인간들이 무수한 스켈레톤을 상대로 분투하고 있었다.

저게 우리보다 먼저 이 신전에 돌입한 정예 부대인가.

그들이 상대하고 있는 것은 태반이 베테랑 스켈레톤으로 보이는데······

일단 수가 많다. 백 마리는 넘을 것이다. 게다가 베테랑 스켈레톤 부대의 바로 뒤에서 긴 지팡이를 든 로브 차림의 스켈레톤 여덟 마리가 불화살을 쏘고 있었다.

"메이지 스켈레톤인가."

"그런 거 같아."

"카즈 선배, 저건 플레임 애로와…… 정예 부대의 마법을 디스펠하고 있어요."

아리스가 이마에 손을 대고 전투 상황을 관찰하고 있었다. 마침 정예 부대의 후위에 선 마법사가 거미줄을 뿌리는 듯한 마법을 쏜 찰나였다.

베테랑 스켈레톤이 무수한 하얀 실에 붙들리려 하는데, 거기서 메이지 스켈레톤이 마법을 행사했다.

거미줄이 무지개색 빛을 뿜으며 허공에 녹아내렸다. 해주된 것이다. 메이지 스켈레톤은 그런 정확한 서포트로 전선을 안정시켰다.

저거, 성가시네.

백 마리에 이르는 스켈레톤 부대를 돌파한다 해도 볼더아라이는 근처에 아직 소수의 스켈레톤을 남겨두고 있다.

보스의 호위인 그 녀석들은 하얀 갑옷을 몸에 걸쳐서, 다른 해골들과는 생김새부터 달랐다.

손에 든 검도 방패도 녹이 슬지 않고, 그뿐만 아니라 타마키가 든 검과 비슷한 옅은 빛을 내뿜고 있었다. 그 빛의 색은 등줄기가 오싹해질 듯한 파랑으로, 보고 있으면 어딘가 불길했다.

특히 그중 한 마리는 황금 갑옷을 걸치고, 뿔 하나가 달린 투구를 깊숙이 눌러썼으며, 검도 한층 거대했다. 대신 그 녀석만은 방패를 들지 않았다.

저 녀석도, 특별한 개체로 보인다.

"저 녀석이 갓 브레이커인가?"

타마키가 오도카니 중얼거렸다. 아아, 그러고 보니 그런 이름의 녀석도 있었지. 확실히 신병급에 육박하는 전력을 가지고 있다고 했다.

"그럼 그것 외에는 스켈레털 챔피언인가."

볼더 아라이의 친위대는 갓 브레이커가 한 마리, 그리고 스켈레털 챔피언이 네 마리. 수는 적어도 어느 것이나 일기당천의 맹자일 것이다.

"어부지리가 되겠지만 단숨에 볼더 아라이를 치자."

나는 망설임 없이 그렇게 선언했다.

여기에 와서 잔챙이를 상대할 필요성은 느낄 수 없었다. 아니, 보스가 후위라는 시점에서 느긋하게 있을 수 없다는 쪽이 정확한가.

"타마키, 아리스. 샤 라우의 등에 타. 샤 라우, 단숨에 거리를 좁혀줘."

『알았다.』

"헤이스트."

그것이 신호였다. 환랑왕은 자가라지나에게 했듯이 마법

을 행사했다. 보라색 번개가 되어 가속.

두 소녀를 태운 환랑왕의 거구가 화살처럼 튀어 나갔다.

제150화 사령술사

현재 몬스터들의 주의는 정예 부대에게 쏠려 있다. 더욱 다행스럽게도 방금 전까지 거대한 루비색 정팔면체와 우리 사이에는 흙먼지가 일어나 있었다.

그렇다, 우리가 삼림 지대를 빠져나오기 직전까지다.

흙먼지가 걷히는 것이 몇 초 빨랐다면 천장 아슬아슬하게 날던 우리가 발견됐을지도 모른다.

이쪽에는 광역 제압에 특출 난 루시아가 없기 때문에 적의 전력을 알 수 없는 상태, 게다가 원거리에서 마주치는 것은 위험이 컸다.

폭발이 일어나자마자 우리가 날아오른 것도, 샤 라우에게 태워 아리스와 타마키를 돌진시킨 것도 아슬아슬한 결단이었는데…….

아무래도 정답인 모양이다.

환랑왕 샤 라우는 두 소녀를 등에 태우고 큰 낫을 든 거인 볼더 아라이에게 돌진했다. 온몸에 보라색 번개를 내뿜으며 화살처럼 날았다.

적은 아직 누구도 우리를 눈치채지 못했다.

이건 해낸 건가.

볼더 아라이는 신병급이라고는 하나 아무래도 후위 타입인 듯했다. 덩치는 좀 크지만 다른 신병급만큼 튼튼하지는 않겠지.

아리스와 타마키와 샤 라우. 두 사람과 한 마리의 총공격을 받으면 반격할 새도 없이 쓰러질 게 틀림없다.

마침내 충돌 직전, 볼더 아라이가 고개를 위로 올려 샤 라우를 봤다.

바로 지면을 차고 거리를 벌리려 했지만 실패하고 고스란히 몸통박치기를 먹고 말았다.

2.5m의 거구가 10m 이상 튕겨 날아갔다.

"간다, 아리스!"

"응, 타마키!"

아리스와 타마키가 재빨리 그 등에서 뛰어나갔다. 지면에 부딪쳐 세차게 튕기는 사령술사를 뒤쫓았다.

날카로운 기합과 함께 아리스의 찌르기와 타마키의 참격이 검은 로브로 빨려 들어갔다. 볼더 아라이의 몸은 더욱 멀리 날아갔다.

"자, 결정타."

타마키가 하늘을 날아가는 볼더 아라이의 몸통을 하얀 검으로 두 조각으로 갈랐다. 로브가 갈라지고 그 속이 보였다.

마르고 창백해진 몸통이, 순식간에 뼈로 변화했다. 볼더 아라이의 후드가 벗겨졌다.

안에서 나타난 것은 해골.

어? 내 머릿속이 새하얘졌다. 아까까지는 확실히 육체가 있는 마술사로 보였는데…… 스켈레톤이 됐어?

『환영이다!』

샤 라우의 텔레파시가 울렸다.

『녀석은 자신의 대역을 준비해 뒀어!』

그의 말에 겨우 이해했다.

우리는 속았다.

우리의 작전은 정예 부대라는 먹이를 이용해 적의 주의를 끌고 볼더 아라이를 단숨에 해치우는 것이었다.

하지만 적은 우리보다 위에 있었다. 볼더 아라이는 부하 스켈레톤에게 환영마법을 걸어 자신으로 변신시킨 다음 눈에 띄는 곳에 세운 것이다.

그것은 꼭 우리의 습격을 파악한 것이라 할 수 없다. 적의 저격수나 별동대를 늘 경계하는 것은 지휘관으로서 당연한 일이라 할 수 있기 때문이다.

나나 미아 역시 지금까지 늘 전장의 이곳저곳으로 시선을 돌려가면서 싸워왔다.

몬스터니 멍청하리라 생각했는데 허를 찔렸다.

그런 건 잘 알고 있었을 텐데.

볼더 아라이로 변해 있었던 스켈레톤은 힘없이 그 자리에 쓰러져 움직이지 않게 됐다.

하지만 그 사이 다른 스켈레톤이 움직였다. 아리스와 타마키에게 스켈레틀 챔피언 중 세 마리와 스켈레톤 갓 브레이커가 달려들었다.

잠깐만, 그럼 남은 스켈레틀 챔피언 한 마리는?

문득 보니 그 녀석이 양손을 크게 들고 있었다. 그 손에 있던 검이 어느샌가 큰 낫으로 바뀌었다.

"미아!"

"응. 디멘션 스텝."

나는 즉시 미아의 손을 잡았다. 직후, 미아는 바람마법 랭크 9, 디멘션 스텝(dimension step)을 행사했다.

이것은 간단히 말하자면 워프마법이다. 900m 이내 있는 임의의 목표 지점으로 텔레포트할 수 있다.

다만 같이 갈 수 있는 건 미아의 각 손을 잡은 한 사람씩, 즉 그녀 자신을 포함해도 최대 세 명. 또한 목표 지점까지 시야가 뚫려 있어야 한다는 조건도 존재한다.

따라서 연기가 걷히기 전까지는 쓸 수 없었다.

아리스와 타마키와 샤 라우를 한 번에 텔레포트시키는 것도 할 수 없었다.

하지만 지금이라면.

내 시야가 바뀌었다. 눈앞에 큰 낫을 든 스켈레털 챔피언이 있었다.

해골 몬스터는 갑자기 눈앞에 나타난 우리 둘을 봐도 개의치 않고 그 큰 낫을 지면으로 내리쳤다.

지면에서 스켈레톤 네 마리가 뛰쳐나왔다. 어느 것이나 지금까지 싸운 잔챙이와 같은 장비, 즉 베테랑 스켈레톤이다.

원래는 이 녀석들도 아리스와 타마키에게 보내고 싶었던 것이리라.

그런데 눈앞에 우리가 왔다. 그렇다면, 하고 적도 목표를 우리로 바꿨다.

하지만 동시에 우리도 움직였다. 내 손이 큰 낫의 자루에 닿았다.

"디스펠 매직."

내 부여마법 랭크 6, 디스펠 매직이 큰 낫을 쥔 스켈레털 챔피언에게 걸린 마법을 모두 풀었다.

그 녀석이 진짜 모습을 드러냈다.

검은 로브를 걸친 2.5m의 거인. 그것이 이 녀석의 정체다.

즉…….

"볼더 아라이."

내가 중얼거렸다. 거인 마술사는 비웃듯이 후드로 둘러싸인 머리를 흔들었다.

역시 그런가. 부하 중 하나로 변해 있어서 감쪽같이 속았다.

볼더 아라이의 후드 안쪽에서 진홍색 두 눈이 나를 노려봤다.

나는 황급히 지면을 차고 거리를 벌렸고.

"스톰 바인드."

다음 순간, 미아의 마법이 발동했다. 볼더 아라이를 중심으로 한 반경 수 m의 공간에 회오리가 발생했다. 지면에서 막 나타난 베테랑 스켈레톤도 이 회오리에 휘말려서 날아가지 않도록 버티는 게 고작이었다.

다만 신병급이 상대라면 이 정도 견제는 몇 초 버티면 다행일 것이다.

그거면 된다.

그 몇 초가 아리스와 타마키에게 필요했다.

"타마키!"

"응, 내게 맡겨!"

볼더 아라이의 감시는 미아에게 맡기고 뒤로 도니 아리스와 샤 라우가 스켈레틸 챔피언 세 마리를 끌어들이고, 그 틈에 타마키가 황금 갑옷을 입은 스켈레톤 갓 브레이커에게 달려들고 있었다.

갓 브레이커는 대검을 들고 타마키에게 반격했다.

양쪽이 근거리에서 일섬. 갓 브레이커에게서 쏘아진 황금빛과 타마키의 하얀 검에서 쏘아진 하얀 빛이 충돌했다.

굉음과 함께 발생한 충격파에 타마키의 몸이 하늘로 날았다.

"와꺄악!"

이상한 소리를 지르며 타마키는 공중에서 빙글빙글 회전.

"옛차."

아무래도 일방적으로 날아간 것이 아니라 스스로 날아간 듯했다. 공중에서 방향을 바꾸더니 하얀 검을 다시 휘둘러 사선으로 하얀 빔을 날렸다.

갓 브레이커는 대지를 힘차게 박차고 이것을 황금 광선으로 요격했다. 또다시 굉음.

그러나 타마키 자신은 그때 이미 갓 브레이커의 상공까지 이동해 있었다.

"잡았다아."

갓 브레이커의 머리 위로 낙하하며, 위치 에너지를 운동 에너지로 변환해 하얀 검을 내리쳤다. 갓 브레이커는 대검으로 이것을 받으려 했지만 살짝 미치지 못해서 칼끝이 밀려나며 어깨 부위에 흰 검이 내리꽂혔다.

몬스터의 튼튼한 갑옷에 금이 갔다.

상당한 충격이었는지 갓 브레이커는 비틀거리며 뒷걸음질 쳤다.

"아직이야! 간다!"

타마키는 지면에 착지하자마자 바로 거리를 좁혀 추격했다. 갓 브레이커는 방어만으로도 벅차게 됐다.

한편 아리스와 샤 라우는 스켈레털 챔피언 세 마리를 상대로 고전을 면치 못하고 있었다.

스켈레털 챔피언 한 마리와 샤 라우가 거의 호각인가. 그러나 이 녀석들이 가진 파랗게 빛나는 검을 경계해서 샤 라우는 과감한 공격을 하지 못하고 있었다.

환랑왕이 본능적인 위기감을 느끼고 있는 건가.

그렇다면 신중하게 행동하는 게 정답일 것이다.

아리스는 환랑왕을 지원하듯이 스켈레털 챔피언의 공격을 받아 흘렸지만.

뼈 인간을 상대로, 찌르기밖에 못하는 창은 좀 불리한 듯했다. 게다가 어깨나 다리에 용케 일격을 먹여도 뼈에 간 금이 순식간에 회복됐다.

이 녀석은…… 설마 자기 회복을 가진 건가.

어쩌면, 하고 타마키와 싸우는 갓 브레이커에게 주의를 돌리니 아까 일격에 생긴 황금 갑옷의 흠집이 순식간에 사라져 가는 모습이 보였다.

이래서는 곤란하다. 교착 상태인가.

그렇다면 열쇠를 쥔 건 우리와 볼더 아라이 싸움이 되겠는데……

"카즈치, 와."

미아의 말에 몸을 돌렸다. 세찬 회오리가 볼더 아라이의 마법에 사라지는 중이었다. 이건…… 적의 디스펠인가.

그렇다면 어째서 더 빨리 디스펠하지 않았을까.

그 이유는 바로 알 수 있었다.

회오리가 흙먼지를 일으킨 탓에 보이지 않았지만, 볼더 아라이 주위에 있는 스켈레톤의 수가 대폭 늘어나 있던 것이다.

그 수는 대략 스무 마리인가…… 아니, 서른 마리는 될까.

그 전부가 베테랑 스켈레톤이었다.

"뭐야. 이 녀석 설마 레벨 5의 병사를 얼마든지 양산할 수 있는 건가?"

"그런 거 같은데? 신병급이라 해도 너무 강한 거 아냐?"

아니, 아마 이건 눈앞에 갈 야스의 심장이 있는 이 자리에서만 가능한 일일 것이다. 바깥에서 날뛰는 몬스터 중에 언데드는 없다고 들은 게 증거다.

어쩌면 언데드들은 바깥으로 나갈 수 없을지도 모르지만 말이다.

그렇다고 해서 대단한 위안은 안 되나. 이 넓은 필드에서 무수한 스켈레톤에게 숫자로 밀린다는 건…….

게다가 적은 무한하게 이 녀석들을 만들어 낼 수 있다.

"딱 좋은 경험치 획득 요원이려나."

"응. 상성이 맞아."

나는 히죽 웃었다. 미아 역시 여유를 가지고 동의했다.

아무래도 이번에는 아리스도 타마키도, 그리고 샤 라우조차도 모두 나를 돋보이게 하는 역할이 될 차례인 듯했다.

나와 미아는 저공을 날아, 밀려오는 스켈레톤에게서 일단 거리를 뒀다.

스케레톤들은 한번 멈춰서 아리스와 타마키 쪽을 봤지만.

나는 지면에 착지했다. 거리를 둔 건 그만한 공간이 필요했기 때문이다. 이 마법을 쓰려면 그것이 필요했다.

"서몬 레기온(summon legion)."

만반의 준비를 갖추고 나는 마법을 행사했다. 지금까지는 온갖 제약 때문에 사용할 수 없었던 소환마법의 랭크 9.

자기 평가에서는 샤 라우보다 강대한 힘. 이 트인 장소에서 다수의 몬스터를 상대로 하는 제한적인 조건이라면…….

내 주위에 무수한 사역마가 나타났다.

희푸른 말에 탄 유령 같은 기사들이다.

Q&A를 믿는다면 전부 해서 기사와 말은 백 마리씩. 기사는 한 마리 한 마리가 랭크 4의 서몬 솔저와 동등하다. 즉, 랭크 2의 전위와 동등한 힘을 가졌다.

그것들이 말에 타고 있으니까 순수한 전투력으로는 한 단계 위라고 생각해도 좋다.

"디플렉션 스펠. 헤이스트."

나는 그런 사역마 군단에게 부여마법을 걸었다. 백 마리의 기사와 희푸른 말이 모두 황금빛에 둘러싸였다.

그리고 나는 온몸을 빛내는 기사 부대에게 명령했다.

"돌격."

환성을 지르며 기사들이 말 배를 가볍게 찬다.

진격이 시작되며, 기병 백 기가 베테랑 스켈레톤 서른 마리에게 향했다.

양군이 격돌했다.

제151화 소환자들의 군단전

현재 전장은 세 개로 나뉘어 있었다.

넓은 방 입구 부근에서 정예 부대와 베테랑 스켈레톤 부대가 싸우고 있다.

베테랑 스켈레톤의 뒤쪽에서 메이지 스켈레톤이 지원 공격을 날리고, 이것을 정예 부대의 후위가 끊임없이 방해했다.

우리에게 30m 이상 떨어진 벽에서 타마키 대 황금 갑옷을 걸친 갓 브레이커, 그리고 아리스와 샤 라우 대 스켈레털 챔피언 세 마리.

양 진영도 격렬하게 맞붙고 있다.

전력으로는 타마키 일행 쪽이 약간 우세이지만, 그녀들을 상대하는 상급 스켈레톤들에게는 재생 능력이 있는지 일진일퇴를 거듭하고 있었다.

그리고 갈 야스의 심장 근처에서는 내가 소환한 기병 백기가 볼더 아라이가 불러낸 서른 이상의 베테랑 스켈레톤을 상대로 돌격을 개시하고 있었다.

창을 든 기병의 돌격은 기량에서 앞설 베테랑 스켈레톤들을 잇달아 분쇄했다.

유린이라고 해도 좋을 압도적인 공세였다.

스켈레톤 몇 마리가 부서진 찰나에 우리는 하얀 방으로 이동했다.

아리스의 레벨업이다.

◆　◆　◆

대단한 협의는 필요 없었다. 다들 해야 할 일은 이해하고
있었다.

그리고 이 고작 한 번의 레벨업이 전국을 크게 변화시키
리라는 것도.

"아리스, 잘했어."

"네, 카즈 선배."

나는 아리스의 머리를 쓰다듬어 지금까지 쌓아온 그녀의
헌신과 인내를 위로했다.

"이로써 겨우 창술을 랭크 9로 올릴 수 있어요."

아리스는 살짝 눈물을 글썽거리고 있었다.

그렇게나 무기 스킬 랭크에서 타마키에게 뒤지는 게 괴로
웠던 건가…….

아니, 아리스니까 분명 내게 도움이 될 수 있는 게 기쁜
거겠지.

"응. 하지만 이로써 아리스 찡네 쪽은 승리가 확정됐어."

미아의 말대로였다. 아리스와 샤 라우는 지금까지 2대3
으로 싸웠기 때문에 고전을 면치 못하고 있었다.

아리스의 창술 랭크를 9로 상승시키는 것은 이 꽉 막힌 상
황을 타개하는 한 수가 되리라.

"남은 건 이쪽에서도 이기는 것뿐이야. 아니면…… 버티며 아리스 찡네가 지원 오기를 기다릴래?"

"아니, 시간을 끌다 정예 부대 쪽에서 메이지가 오면 성가셔. 이대로 단숨에 밀어붙일 거야."

"알았어. 난 메이지를 견제할게."

서로 고개를 끄덕였다. 여기까지 오면 남은 건 이제 모두가 해야 할 일을 하는 것뿐이다.

아리스가 노트북에서 스킬 랭크를 올렸다.

아리스 : 레벨 30 창술 8→9/치료마법 5 스킬 포인트 9→0

원래 장소로 돌아갔다.

흙먼지가 자욱한 가운데 격전이 재개됐다. 볼더 아라이의 상태를 알 수 없기 때문에 미아가 고도를 살짝 높였다.

"응. 보스는 살짝 물러나 뼈다귀를 늘리고 있어."

그렇군, 방패를 늘려 시간을 벌려는 건가. 이제 와서 그런 것으로 우리를 이길 수 있다고 생각하는 건가.

그렇다면 그 어설픈 선택을 후회하게 해주지.

"서몬 팔라딘(summon paladin)."

나는 다시 한번 개체소환마법을 행사했다.

랭크 9의 사역마는 지금까지 고유 계약을 맺은 샤 라우밖에 없었다.

자가라지나전에서는 사역마 각성으로 순간적인 전력 상승을 우선했다.

하지만 지금 내 MP에는 백 정도 여유가 있다. 그리고 이 랭크 9에도 지금까지와 마찬가지로 사역마 소환마법이 존재한다.

이 마법, 서몬 팔라딘이다.

내 부름에 응해 백은의 전신 갑옷을 몸에 두른 전사가 나타났다. 풀페이스 투구를 써서 얼굴마저 보이지 않지만 아마 인간형 사역마일 것이다.

팔라딘. 그 이름 그대로 성기사에 어울리는 엄숙함을 가지고 강림한 이 존재는 굵은 목소리로 우렁차게 외치고 양손 검을 머리 위로 들었다.

순간 순백의 빛이 천장에서 쏟아졌다.

넓은 범위에 펼쳐진 그 빛을 쬐자 기병과 싸우던 스켈레톤들이 몸부림쳤다.

이 공격은…… 그렇구나, 아리스가 아까 쓴 홀리 볼트와 같은 언데드 특공인가!

"이런 특수 능력은 몰랐어."

"응. 역시 팔라딘. 악을 무찌르는 성스러운 중2병 전사."

중2병이라고 하지 마.

"뭐, 됐어. 결과가 좋으면 다 좋아!"

나는 소환된 팔라딘에게 재빨리 정석적인 부여마법을 걸어갔다. 킨 웨폰, 피지컬 암, 마이티 암, 그리고 헤이스트.

"잔챙이는 신경 쓰지 마. 볼더 아라이를 해치워."

"분부대로 하겠습니다, 나의 주인이여!"

우렁찬 목소리로 그렇게 대답하더니 팔라딘은 커다란 검을 들고 적군에게 달려갔다.

그 타이밍에 미아가 돌풍을 날렸다.

군세가 부딪쳐서 생긴 흙먼지가 강한 바람에 날아갔다.

팔라딘은 기병들이 스켈레톤 군단의 대열에 만든 구멍을 단숨에 파고들었다. 그 저편에서 새로운 소환을 하던 볼더 아라이에게, 우렁찬 외침과 함께 달려들었다.

볼더 아라이는 그 거구로 팔라딘을 돌아보고 큰 낫으로 그 일격을 막았다. 튕겨 나온 낫으로 일섬.

팔라딘은 그러나 지면에 발을 박으며 이것을 받아냈다.

몇 번이고 몇 번이고 검과 낫을 맞부딪쳤다.

나는 그 검극의 절반도 볼 수 없었지만, 칼날이 교차할 때마다 불꽃이 튀고 엄청나게 날카로운 소리가 울렸다.

게다가 그 소리는 그들과 우리 사이에서 적과 아군을 합쳐 백 마리 이상이 격돌하고 있는데도 선명히 들렸다. 일진일퇴의 공방이 이어진다.

미아에게 지원을 하게 하고 싶었지만…….

"좀 바빠."

"아아, 넌 메이지들 대처에 전념해도 돼."

지금 그녀는 떨어진 곳에서 이쪽으로 견제를 하려 하는 메이지 스켈레톤 부대를 요격하느라 바빴다.

이 녀석들을 상대하는 것을 소홀히 하면 단숨에 형세가 뒤집힐 우려가 있다. 마법사가 여럿 있다는 건 그만큼 무서운 일이다.

소환 기사 군단은 설령 볼더 아라이에게 도달해도 속절없이 순식간에 쓰러졌다.

역시 잔챙이로는 안 되나. 믿을 건 팔라딘뿐이라는 건가.

아마 팔라딘의 기량은 검술 랭크 7 정도일 터다.

그것과 호각인 볼더 아라이는 본업이 후위일 텐데도 이만큼 뛰어난 기량을 보이고 있었다.

다만 그것은 본래의 특색을 죽이고 후위가 앞으로 나서야만 하는 적군의 궁핍한 형상을 의미했다.

즉, 이 형태까지 끌고 온 시점에서 우리 작전의 승리다.

남은 건 피해를 얼마나 줄이며 이기느냐.

완전히 미끼로 이용한 형태의 정예 부대를 얼마나 살릴 수 있느냐.

그러기 위해서는 최대한 빠른 결착을 바랐지만…….

주위를 둘러봤다. 벽에서는 막 레벨업한 아리스가 스켈레털 챔피언 한 마리를 쓰러뜨린 차였다.

나와 아리스의 시선이 교차했다.

아리스가 고개를 끄덕였다. 그녀가 무엇을 하라고 하는지 바로 이해했다.

"샤 라우, 볼더 아라이에게 돌진해!"

『알았다!』

샤 라우는 견제하던 스켈레털 챔피언을 내버려 두고 다시 보라색 번개를 두르며 지면을 박찼다.

잔상이 생길 정도의 맹렬한 돌진에 직선상에 있던 베테랑 스켈레톤이 날아갔다.

그것을 쫓으려 한 스켈레털 챔피언은 아리스가 막아섰다.

일시적으로 아리스 혼자 스켈레털 챔피언 두 마리를 상대하게 됐다.

하지만 창술이 랭크 9가 된 그녀라면 찌르기가 불리하다는 점을 제외해도 괜찮을 것이다.

최악이라도 아주 잠시 시간을 벌면 충분하다.

앞으로 조금이면 된다. 그러면 이 싸움은 끝난다.

환랑왕이 팔라딘과 맞붙고 있던 볼더 아라이에게 달려들었다. 볼더 아라이는 순식간에 왼손에도 큰 낫을 소환해 샤 라우의 송곳니를 그 날로 받았다.

하지만 기세까지는 죽이지 못해서 몸이 크게 젖혀졌다.

거기로 팔라딘이 덤벼들었다.

사선으로 가로지르는 일격. 검은 로브가 갈라지고 푸른 피가 흩날렸다.

의심하지는 않지만, 분명 이 녀석이 진짜 볼더 아라이다. 그 증명 직후 팔라딘은 칼을 회수해 가로로 일검.

신병급 사령술사는 비틀거리며 뒷걸음질 쳤다.

오? 하고 생각했지만.

볼더 아라이는 미세한 빈틈을 발견하고 지면에 손을 댔다. 소환의 사전 동작이다.

에잇, 최후의 발악을 하기는!

팔라딘 주위의 흙이 우르르르 일어나며 스켈레톤 두 마리가 동시에 나타났다. 하지만 그것들은 베테랑 스켈레톤보다 확연히 약해서 갑옷조차 걸치지 않았다.

팔라딘이 하얀 빛을 내쏘자 순식간에 사라졌다.

그동안에도 샤 라우가 볼더 아라이에게 덤벼들고 있었다. 무리한 자세로 언데드를 소환했기 때문인지 사령술사는 이 공격을 피하지 못했다.

환랑왕의 날카로운 발톱이 왼팔의 살점을 움푹 긁어냈다. 푸른 피를 흩날리며 볼더 아라이가 땅바닥에 넘어졌다.

한편 다른 싸움도 결착이 나려 하고 있었다.

타마키는 힘으로 압도하는 전법으로 바꾼 결과, 숨 돌릴 새도 없는 연속 공격으로 갓 브레이커를 재생조차 하지 못하게 굴복시켜 갔다.

이제 완전히 파워 파이터로 각성했구나.

그리고 아리스도 스켈레탈 챔피언 두 마리를 상대로 어깻죽지나 무릎 부위 등의 급소를 노린 찌르기로 정확하게 무력화시켰다.

그 공격의 속도도 짜임새도 무엇 하나 방금 전까지와는 수준이 달랐다.

이것이 랭크 9인가.

아니면 랭크 9의 힘과 아리스의 재치가 어우러진 결과일까.

아리스가 날린 화살 같은 일격이 스켈레털 챔피언의 머리를 부쉈다. 이어서 찌르기가 다른 한 마리의 골반을 깨뜨렸다.

거의 동시에 타마키가 갓 브레이커를 갑옷째로 두 동강냈고.

그리고 시선을 되돌리니 팔라딘의 날카로운 일섬이 볼더 아라이의 몸통을 후려치고 있었다. 볼더 아라이가 쓰러진 곳에 샤 라우가 달려들어 그 커다란 이빨로 머리를 물어뜯었다.

샤 라우의 턱이 맞물렸다.

사령술사의 머리가 퍽하고 으깨졌다.

레벨업의 소리가 머릿속에 울렸다.

제152화 전원 레벨업

이번에 레벨업한 것은 전원이었다.

게다가 타마키와 미아는 단숨에 2 레벨이나 상승했다.

신병급이 한 마리에 타마키와 호각으로 싸운 몬스터가 한 마리, 그리고 그에 육박하는 몬스터 두 마리를 거의 동시에 쓰러뜨렸으니까 당연하다면 당연할지도 모른다.

"왠지 이 방에서 쉴 기회가 줄어서 손해 본 기분이야!"

타마키가 그런 팔자 좋은 소리를 해서 모두가 웃었다.

"확실히 그러네. 이만큼 일제히 레벨업하면 다음에는 상당히 오래 걸릴지도 몰라……."

"응. 그만큼 지금 여기서 잔뜩 러브러브하자."

"걱정 안 해도 다음에는 내가 그럭저럭 가까워. 솔로라면 오크 열 마리 이하가 아닐까. 아리스도 그리 멀지는 않을 거야."

내가 냉정하게 그리 말하자 여성 일동이 눈을 흘겼다.

어, 내가 말 잘못 했나?

"저기, 카즈 선배. 여기서 중요한 것은 러브러브하자는 말이에요."

"아, 네, 여심을 모르는 벽창호라서 정말 죄송합니다."

냉정하게 지적하는 아리스에게 머리를 숙였다. 여기서 그녀들에게 반발해 봐야 좋을 건 아무것도 없다.

"알겠습니다, 레이디. 힘껏 러브러브하겠습니다. 제가 할 수 있는 일이 있다면 뭐든지……."

"응. 지금 뭐든 한다고 했지?"

"아니 잠깐만, 지금 말은."

미아는 내 제지를 뿌리치고 미아 벤더로 달려갔다.

어? 하고 생각할 틈도 없이 그녀가 회수한 토큰이 벤더로 투입됐다.

다음 순간 하얀 방의 모습이 싹 바뀌었다.

벽 한 쪽이 사라지고 그 너머에 새로운 바닥이 나타났다.

거울이 깔린 바닥면. 그 아래 계단 10m 정도를 내려간 끝에는 물이 잔뜩 담긴 수영장이 있었다.

"야, 이건 뭐야."

"레크리에이션 시설 세트. 고작 토큰 백 개이니 꽤 싸."

"전에 벤더를 봤을 때는 이런 거 없었어."

"다 같이 언데드에 대해 조사했을 때 몰래 요구했어."

미아는 무표정하게 브이 사인을 취했다. 하하, 이 녀석.

"요구 같은 걸 할 수 있다면 먼저 나한테 말해! 아니, 왜 갑자기 방이 확장된 거야!"

"Q&A로 레크리에이션 시설이 있으면 좋겠다고 밑져야 본전 삼아 제안해 봤어. 솔직히 OK라는 대답이 올 줄은 몰랐어. 게다가 이렇게 저가로."

응, 그야 OK가 나온다고는 생각 못 하겠지. 하얀 방의 주인, 점점 더 수수께끼가 깊어진다.

참고로 스위치를 바꾸면 수영장 외에도 몇 가지 패턴으로 옆방이 바뀐다나.

"실제로 이로써 점점 더 의혹이 깊어졌어."

"의혹이라니…… 아아, 토큰을 모으면 되지 않을까 하는 거구나."

"너무 에두르는 느낌은 들지만."

응, 그야 그렇다. 토큰을 모으고 싶으면 그 밖에도 방법이 얼마든지 있을 것 같은 느낌이 든다.

우리를 이 세계에 부른 것이 이 방의 주인인지 아닌지는 둘째 치고…… 아니, 이 방의 내력 자체가 불명확한 이상 모든 가능성을 배제하지 않는 편이 낫나.

"어느 쪽이든 벌써 토큰 이천 개를 썼으니 후퇴할 수 없어."

"네 말대로야. 하지만 다음부터는 나한테 알려."

"옛썰."

전혀 반성하지 않는군.

미아는 손을 척 들었다. 벌을 줘도 기뻐하니 제어가 안 되는군, 이 녀석.

"할 수 없지. 토큰 백 개분의 본전은 찾아볼까……."

"그래그래, 본전을 찾자. 참고로 초원 세트도 있으니까 그리폰을 타는 훈련도 할 수 있어."

확실히 그렇군. 사역마를 시험 삼아 소환해 봤을 때 이 하얀 방의 면적에 문제가 있었는데, 여전히 그대로였다.

이제부터는 장소를 신경 쓰지 않고 마음껏 시험할 수 있는 건가.

"아까 카즈치가 했던 것처럼 일군을 통째로 소환해서 군단 전투 연습도 하는 편이 낫지 않을까?"

"그렇군. 즉흥적으로 돌격시키는 것 이외 용도로는 쓸 수 없을 것 같지만…… 애초에 군단 단위의 전투를 우리가 할 필요가 있을까?"

"그 볼더 아라이가 마지막 하나라고는 할 수 없어."

아, 응, 그렇겠지…….

메키슈 그라우 역시 몇 마리나 있었다.

신병급은 한 마리 한 마리가 엄청나게 강한데도 양산형 몬스터이니 말이다.

그 양산형 몬스터 고작 한 마리가 그만한 수와 질의 스켈레톤을 양산하다니, 터무니없다.

아니, 역시 그건 갈 야스의 심장의 보조가 있었기 때문에 한 일이겠지만.

"있잖아 카즈 선배, 일단 수영해도 될까?"

"상관없는데…… 수영복 없잖아."

"알몸으로 해도 딱히 상관없지 않아?"

그건 으음, 어떨까.

타마키는 신경 쓰지 않아도 나로서는 조신함을 좀 가졌으면 좋겠는데.

"어어…… 수영복, 있어요. 미아와 타마키 것도. 아, 카즈 선배 것도 있어요."

"어, 아리스, 어떻게?"

"저기, 다 함께 욕탕에 들어가는 일이 있을지 모르니……
배낭에 넣어 두라고 스미레가 그랬어요."

스기노미야 스미레, 아리스와 타마키의 절친인 통통녀가.

잘했다고 해야 하겠지.

"어, 하지만 카즈 선배, 알몸 쪽이 좋지 않아?"

"그건 아니네, 타마키 찡이여."

미아가 허허허, 하고 이상한 웃음소리를 냈다.

어째서 노인 말투인 거냐.

"보이지 않기 때문에 야하다. 바람에 나부끼는 치마에 두
근거리는 마음, 그것이 힐끗 보이는 것의 매력이지."

"어, 그래?"

타마키가 나를 봤다. 거기서 이쪽으로 화제를 넘기지 말
아주시겠어요?

"순수하게 수영장을 즐기고 싶다는 해석은 안 될까요, 타
마키 씨?"

"저기, 카즈 선배. 뭔가 켕기는 일이 있으면 말투가 바뀌
던데……."

"네, 아리스 씨, 죄송합니다."

어처구니없어하는 모습의 아리스에게 머리를 숙였다.

틀렸다, 도저히 주도권을 쥘 수 있을 것 같지 않다.

한편 아리스에게 수영복을 받은 타마키는 그 자리에서 옷
을 벗기 시작했다.

있잖아…… 일단 부끄러움을 가져 줄래……?

부끄러워하니까 좋은 거라고······.

그런 내 시선을 눈치챈 기색의 미아가 고개를 끄덕이고 팔짱을 꼈다.

"하지만 카즈치, 타마키 찡이 옷 갈아입는 걸 뚫어져라 보고 있네."

"그야 뭐, 그러네요."

왜인지 아리스가 가져온 것은 구식 학교 수영복이었다.

들어보니 육예관 지하에서 출토된 것이라고 한다. 스미레는 사용처 없는 물건을 소중하게 보관했으리라 생각한다고 한다.

"이게 사용처가 없다니, 당치도 않아."

"있잖아, 미아. 그렇게 생각하는 건 일부 기호를 가진 사람뿐이야."

"카즈치는 그 일부 아냐?"

나는 타마키의 모습을 힐끗 봤다. 수영복 엉덩이 틈으로 손을 넣고 "으음, 아래쪽이 좀 끼네"라고 말하고 있었다.

"비교적 그렇다고 생각합니다."

"정직해서 좋네."

미아는 무표정하게 엄지를 세웠다.

◆ ◆ ◆

잠시 수영을 만끽한 후 서몬 피스트로 호사스러운 바비큐 파티를 즐겼다. 한숨 돌리기는 중요하다.

수영장 가의 접의자에서 눈을 감자 순식간에 잠이 들었다.

일어나니 내 옆에 모여서 세 소녀가 자고 있었다.

모두 미동도 하지 않았다. 계속되는 격전으로 마음이 피폐해졌을 것이다.

그런데 미아 씨, 제 배에 올라와 자는 건 진짜 그만 좀 해 주지 않으실래요?

오늘 아침에는 그 탓에 악몽을 꿨단 말이에요…….

"미아, 가위 눌렸어요."

아리스의 목소리가 들렸다. 옆을 보니 눈을 뜬 그녀가 나를 올려다보고 미소 지었다.

소녀는 미아의 머리를 가만히 쓰다듬었다.

"미아에게 부드럽게 대해 주세요. 그녀는 안에 쌓아 두는 아이라고 생각해요."

"그런……가."

"저보다 훨씬 똑똑하니까 분명 누구에게도 의논할 수 없는 일이 잔뜩 있다고 생각해요. 카즈 선배에게는 상담, 하던가요?"

어떠려나, 하고 내 배 위에서 자고 있는 소녀를 봤다.

이 녀석, 똑똑한 주제에 약점을 보이는 걸 못 하니 말이야.

달라붙는 주제에, 어리광을 부리는 주제에 본심은 숨기고 싶어 한다.

츤데레와는 전혀 다른 의미로 솔직해질 수 없는 성격이리

라. 어설프게 능력이 있기에 모두의 지원을 도맡으려 한다.

자신이 가장 어리면서.

그런 그녀도 어제 둘만 있을 때 속내를 조금은 털어놓아 준 것 같다.

그때 한 고백에는 과연 본심이 얼마나 들어 있었을까.

그녀이니까 전부 엉터리였다 해도 놀랍지 않다.

"미아, 너는 말이야. 장난칠 때랑 진지할 때랑 어느 쪽이 진짜인지 모르겠어."

미아는 여전히 기분 좋게 자고 있었다.

바라건대, 하고 생각했다. 지금만큼은 그녀가 안심하고 잘 수 있도록, 이라고.

잠시 있자 모두가 일어났다. 우리는 다시 앞으로의 방침을 확인한 후 타마키와 미아의 스킬을 상승시켰다.

타마키는 육체 스킬을, 미아는 땅마법 스킬을 제각기 5로 상승시켰다.

카즈히사 : 레벨 35 부여마법 6/소환마법 9 스킬 포인트 4

아리스 : 레벨 31 창술 9/치료마법 5 스킬 포인트 2

타마키 : 레벨 31 검술 9/육체 4→5 스킬 포인트 7→2

미아 : 레벨 31 땅마법 4→5/바람마법 9 스킬 포인트 7→2

햐얀 방을 나왔다.

제153화 각국의 정예 전사

원래 장소로 돌아온 우리는 정예 부대의 원군으로 나섰다.

아리스와 타마키가 샤 라우의 등에 타고 가속해 메이지 스켈레톤을 강습했다.

간단하게 잇달아 격퇴해 나갔다.

베테랑 스켈레톤이나 그 상위종도 샤 라우나 아리스와 타마키의 적수가 아니었다.

상대가 마법을 행사하는 것보다 빠르게 품으로 파고들어 마구 살육했다.

정예 부대와 아리스 일행의 협공이 먹힌 것도 있어서 언데드들의 진형은 이곳저곳에서 인간들에게 무너져 갔다.

정예 부대는 이렇다 할 피해 없이 잇달아 스켈레톤들을 처리했다.

언데드들은 마지막 한 마리까지 저항했지만, 그 용맹함은 아무런 의미도 없었다.

이 싸움 동안 나, 아리스, 이어서 타마키, 미아가 순서대로 레벨업했다.

하지만 지금 특별히 할 일은 없다. 최소한의 확인만 하고 하얀 방을 나왔다.

그때 떠오른 것 몇 가지를 Q&A했다. 그 후 미아가 멋대로 늘린 옆방에서 마법이나 연계의 확인을 실시했다.

카즈히사 : 레벨 36 부여마법 6/소환마법 9 스킬 포인트 6
아리스 : 레벨 32 창술 9/치료마법 5 스킬 포인트 4
타마키 : 레벨 32 검술 9/육체 5 스킬 포인트 4
미아 : 레벨 32 땅마법 5/바람마법 9 스킬 포인트 4

전투 종료 후, 정예 부대의 리더로 짐작되는 보라색 로브를 걸친 백발의 중년 남성이 다가왔다. 남자는 우리에게 오른손을 내밀었다.

"조력에 감사한다. 너희의 관습으로 악수라는 우호의 신호라고 들었다. 틀림없겠지?"

"응. 틀림없어."

멋대로 미아가 나서서 남성과 악수를 나눴다.

상대는 가장 어린 소녀가 리더로 보이는 행동을 한 것에 적잖이 놀란 듯했지만, 바로 그런 일도 있을 법하다고 납득한 표정을 지었다.

뭐, 어차피 우리는 다들 어리고, 게다가 린 씨와 같은 예도 있으니…….

그런데 미아, 뭐하는 거야!

고개를 돌린 미아가 눈을 깜빡여 자신에게 맡기라는 신호를 보냈다.

아, 그런가. 어제 저녁에 나는 세계수의 병사들과 접촉에 실패했으니 그걸 걱정해 한 행동인가.

과보호하는 건 기쁘지만 같은 실패는 안 한다고…….

하지만 미아의 교섭은 능숙했다. 겹띠동갑 이상 연상의 남성을 상대로 자신들이 어떤 역할을 맡아 이 자리에 왔는지 간략하게 해설했다.

그뿐만 아니라 라스카 씨 일행의 협력이 아주 중요했다는 것도 설명해서 그녀들의 주가를 올려 주기까지 했다.

마침 그 타이밍에 숲을 빠져나온 라스카 씨 일행이 등장했다.

미아는 다시 그녀들에게 "고마워. 당신들이 없었으면 신속하게 도착 못 했어"라고 감사의 뜻을 표했다.

라스카 씨 일행은 약간 얼빠진 표정을 짓고 있었다.

거 참, 이런 빈틈없는 모습은 정말 닌자의 피라는 생각이 든다.

닌자는 관계없지만 말이다.

"남은 토벌전을 맡겨도 될까? 우리는 다른 원군으로 가야 할지도 몰라. 바로 세계수로 돌아가고 싶어."

"물론이다. 너희의 전력을 가까이서 보고 확신했다. 너희만큼 뛰어난 존재를 잔당 처리에 쓸 수는 없겠지."

아, 미아 녀석, 깔끔하게 돌아갈 계획까지 세웠군.

◆ ◆ ◆

세계수로 돌아왔다.

린 씨는 우리의 보고를 듣고 잘했다며 활짝 웃었다.

마지막에 미아가 이야기를 정리했다는 부분에서는 역시 쓴웃음을 지었지만.

"낙심하지 말아요. 카즈는 그녀들의 지휘관이지 교섭 담당은 아니니까요. 루시아에게 들었어요. 당신은 지모가 있지만, 그 자질은 어디까지나 몇 명을 부리는 데 특화돼 있다고."

"뭐, 그건…… 정확히 그 말대로네요."

"사람에게는 잘하는 것과 못하는 것이 있어요. 오랜 시간에 걸쳐 단점을 없애고 장점을 기르는 것도 가능하겠죠. 그러나 지금은 그럴 때가 아니에요."

이 싸움에서 한 번이라도 지면 대륙이 멸망한다. 우리 모두가 죽는다.

이렇게 끝까지 몰린 상황에서 사람을 육성한다는 생각을 해봐야 소용없다.

그렇게 되면 중요한 건 수중의 말을 얼마나 효율적으로 쓰느냐가 되리라.

그중에서도 루시아를 포함한 우리 다섯 명이라는 말은 얼핏 봐도 비장의 카드이자 결전 병기.

그 결전 병기가 익숙하지 않은 일에 시간을 쓰는 건 손해이자 헛수고 이외에 아무것도 아니다.

아니, 우리 팀 최대 약점은 이제 내 멘탈이 아닐까…….

이렇게 침울하게 있어서는 안 되지.

"루시아는 괜찮나요?"

"지금은 푹 자고 있어요. 사정은 들었어요. 필요한 무리였다고 생각합니다."

그 말대로 그녀는 해야 할 일을 했다. 그 과정이 조금 억지스러웠지만.

무사하다면 지금은 그것으로 됐나.

"다른 전선은 어떻게 됐나요?"

"이 세계수로 공격해 온 몬스터군은 아직 결계 돌파 방법을 발견하지 못한 것 같아요. 성도 아카샤와 하르란의 첨탑을 관측하는 사람들에게서는 몬스터군을 내부로 유인한 후 거점 자체가 폭발하는 것을 확인했다는 보고가 왔고요."

성도 아카샤와 하르란의 첨탑에서는 내부에 틀어박힌 부대가 되도록 많은 몬스터를 끌어들여 자폭하는 방법을 취한다고 했을 터다.

작전이 성공했다는 것은 낭보다. 결과적으로 우리는 두 가지 쐐기를 잃고 수많은 인명도 잃었지만.

"휘말린 몬스터에는 사천왕도 있나요?"

"아마도요."

"그건…… 여러모로 고맙네요."

양쪽 모두 공격 부대의 지휘는 자가라지나와 동격의 입장인 몬스터가 맡고 있었을 터다.

그 녀석들을 쓰러뜨렸다면 대박이라 해도 좋다.

남은 사천왕은 자가라지나와 이 세계수를 공격하고 있는 부대에 있는 녀석인가.

아니, 과연 그럴까. 만약 자가라지나라면, 그 무지막지하게 강력한 괴물이라면…… 그런 폭발만으로 쓰러뜨릴 수 있을까.

쓰러뜨렸다고 생각하고 싶기는 하다.

"남은 하나, 저기, 로운의 지저 신전은요?"

"교착 상태인 듯해요. 아직 지저 신전 입구에 도착하지 못했어요."

"그렇게 적이 강한가요?"

린 씨는 "그것도 있지만" 하고 쓴웃음을 지었다.

"그 땅은 과거에 무성한 숲으로 뒤덮여 있었어요. 지금은 그 숲이 없는 대신 미혹의 마법이 걸린 짙은 안개에 뒤덮고 있고요."

미혹의 마법인가. 아무리 닌자 부부라도 고전은 면치 못하려나.

"우선 쉬세요. 다시 여러분의 힘이 필요하다 해도 지금은 MP를 회복해야 합니다."

여기에 돌아오는 동안 조금은 회복됐다고 해도 앞으로 한 시간은 휴식이 필요하다.

아리스나 타마키는 몰라도 나와 미아는 특히 MP가 없으면 아무것도 할 수 없으니 말이다.

린 씨의 거처에서 물러나 나무 구멍 밖으로 나왔다.

그러면 이제 육예관조가 대기하는 곳으로 향하려고 생각했지만…….

"카즈 선배, 카즈 선배."

타마키가 내 체육복 소매를 잡아당겼다.

"약속 기억해?"

눈을 치켜뜨고 그렇게 물었다.

약속이라…… 아아, 그렇지!

"오두막에서 목욕?"

"맞아, 그거!"

"알았어. 그러면 일단 지상으로 내려가서 소환 오두막을 짓자."

멋대로 그런 것을 지어도 될지는 잘 모르겠지만.

만약 혼나면 나중에 어떻게든 철거하면 되려나.

나무 위 마을에서 내려와 조금 떨어진 곳까지 이동해 큰 나무의 그늘에 오두막을 소환했다.

욕조에 물을 소환해 데웠다. 그 참에 서몬 피스트로 가볍게 티타임.

왠지 내 MP만 썼지만 지금의 나라면 이만큼 해도 10분도 지나지 않아 회복하니까 상관없나.

티타임을 가진다면 루시아도 부를 걸 그랬다.

"그러면 욕조에 들어가자, 카즈 선배!"

"욕조가 그렇게까지 넓지는 않을 거야."

"에이, 좁아도 어떻게든 돼!"

좁은 건 어떻게 해도 안 된다고 생각하는데. 나는 쓴웃음을 짓고 포기하도록 설득했다.

아쉬워하면서 세 소녀는 교대로 욕조에 들어갔다.

"MP를 더 많이 써서라도 공중목욕탕 정도의 욕조가 있는 성채를 소환했어야 했나."

어른의 목욕 놀이도 살짝 매력적이기는 했다.

하지만 지금은 아직 한창 작전이 진행되고 있다. 자중하자, 자중.

◆ ◆ ◆

나는 혼자서 2층 침실로 가서 푹신푹신한 시트 위에 누웠다.

양팔을 베고 천장의 나뭇결을 바라보며 생각했다.

아까 미아가 재빨리 수습한 교섭에 대해서다.

"역시 난 교섭에 안 맞아."

약은 약사에게. 자주 듣는 말인데, 바로 옆에 뛰어난 사람이 있으면 그 사람에게 맡기면 된다. 이번에는 미아가 솔선해 움직여 줬다.

다만 신경 쓰이는 것은 그녀가 분위기를 너무 살핀다는 점이다.

아리스도 미아의 몸과 마음이 아주 지친 게 아닐까 걱정하고 있었다.

실제로 그녀는 반년 전에 초등학교를 졸업한 소녀다. 우리 중에서도 나이가 가장 어리고 덩치도 훨씬 작다.

단순한 체력 소모도 심할 테고, 거기다 두뇌 노동도 극심하게 하면…….

우리는 미아에게 지나치게 의지하고 있는 것 아닐까.

그녀가 없어지면 분명 우리는 파티를 꾸려 나갈 수 없어진다.

그녀를 좀 더 쉬게 하면…….

"그런 틈이 없단 말이지."

나는 쓴웃음을 짓고 눈을 감았다.

뭐, 문제는 없다.

미아는 계속 우리와 함께할 것이다.

나 자신도 상당히 피곤했는지 바로 수마가 덮쳤다.

〈『나는 이세계에서 부여마법과 소환마법을 저울질한다』 ⑦에서 계속〉

사흘째 날 저녁.

우리 육예관조 스물여섯 명은 학교 산을 공격한 부유도로부터 도망쳐 카즈 군 일행이 빛의 백성이라고 부르던 사람들의 나무 위 도시로 텔레포트 아웃 했다.

육예관은 저녁이었는데 이 나무 위 도시는 이미 깊은 어둠에 둘러싸여 있었다. 이것도 카즈 군이 말한 대로다.

나무 구멍 속에 존재하는 전이 게이트에서는 린 씨라는 자그마한 여성이 수행자들과 함께 맞아 주었다.

머리 위에 달린 개 귀가 까딱까딱 움직였다. 이것도 카즈 군에게 들은 그대로인데, 빛의 백성은 모두 짐승 귀나 꼬리가 돋은 반수인이었다.

아…… 창을 손에 든 굴강한 남자들에게 우리 애들은 완전히 겁을 먹고 있다.

나도 성인 남자는 살짝 무섭다.

그렇게 생각하는데 린 씨가 손을 흔들어 남자들을 밖으로 내보냈다.

"당신이 시키로군요. 미아가 말했어요. 우수한 지휘자라고요."

"미아의 평가라니 조금 무섭네요."

나도 모르게 쓴웃음을 짓자 린 씨도 미소 지었다. 아아, 이것도 농담인 건가.

우선 최소한의 정보 교환을 하는 동안 고등부 사람들이 텔레포트 아웃 했다. 육예관조 아이들은 구석에 틀어박혀 경계했다.

특히 사쿠라가 창을 움켜쥐고 있었다. 이 애는 남자를 정말 싫어한다니까.

"괜찮아, 나가츠키. 이 사람들은 미아네 오빠가 인정한 사람들이야."

스미레가 그렇게 말하며 사쿠라를 억제해 주었다. 그녀는 통통해서 평소에는 움직임이 둔하지만 이런 때는 좀 의지가 된다.

아마 사람의 마음의 움직임을 잘 읽을 것이다. 역시 아리스와 타마키의 절친이라고 해야 하나.

한 여성이 앞으로 나섰다. 야무진 느낌의 사람으로, 체육복 색으로 봤을 때 3학년이었다.

말로만 듣던 서브 리더일 것이다.

"실례합니다, 저희 바보…… 실례, 타가미야는 아직 저쪽에 있어요. 저는 서브 리더인 나루미야 슈리예요. 편하게 슈리라고 불러주세요."

"네, 슈리 씨. 저는 시키 유카리코…… 저기, 이름은 별로 안 좋아하니 시키라고 불러주시겠어요?"

"타가미야에게 들었어요. 앞으로 잘 부탁해요, 시키."

나와 슈리 씨는 악수를 나누었다.

아무래도 좋지만, 그녀는 정말로 유키 선배를 바보라고 부르는구나.

　전에 그에게 들은 이야기로는, 그렇기 때문에 슈리 씨는 유키 선배의 마음에 들었다고 한다.

　자신을 숭배하지 않고 비판적인 시점으로 봐주니까.

　그 점이 유키 선배에게 무엇보다 귀중한 모양이다.

　육예관에 나와 카즈 군을 숭배하는 조직을 만든 나로서는 정말 정말 귀가 따가운 이야기다.

　그것을 후회할 생각도, 반성할 생각도 없지만 말이다.

　이럭저럭하는 가운데 바닥의 마법진이 다시 빛나고 유키 선배가 나왔다.

　유키 선배를 처음 보는 육예관조 아이들이 놀란 얼굴로 그를 응시하고 있었다.

　"닌자……" "정말로 닌자……" "역시 미아의 오빠……"

　그런 목소리가 들려왔다. 이 자리에 미아가 있다면 부끄러워서 죽을 것 같은 기분이 들겠지.

　하지만 유키 선배는 태연한 얼굴로 린 씨에게 예의 바르게 인사했다.

　"당신이 미아의 오라버니로군요."

　어째선지 린 씨가 유키 선배를 무척 경계했다.

유키 선배는 얼굴가리개 안쪽에서 쓴웃음을 지으며 고개를 저었다.

"소생은 동생처럼 즉물적이지 않소이다. 예스 짐승 귀, 노터치외다."

"닥쳐, 망할 오타쿠."

슈리 씨가 유키 선배에게 발차기를 날렸다.

이 사람들, 뭐하는 거야……

아니, 고등부 사람들도, 그리고 육예관조 아이들도 웃고 있으니까 이건 이것대로 괜찮을지도 모르기는 하지만.

유키 선배는 자신을 광대로 만드는 데 상당히 능숙하다.

전혀 리더 같지는 않지만 말이다.

그때 다시 마법진이 빛났다.

고등부 남자들이 나타났다. 한 번에 세 명.

어라…… 그런데 왜일까.

뭔가 이렇게…… 술렁임이 느껴진다. 기분 나쁘다.

정신이 번쩍 들었다. 이건 내 정찰 스킬이 뭔가에 반응해서 그런 거 아닐까.

다음 순간이었다.

다시 마법진이 빛나고 타마키의 것과 같은 은색 검을 든 여성이 텔레포트 아웃 했다.

"오오, 케이코……."

유키 선배가 그렇게 말을 꺼냈지만 케이코라고 불린 여성이 그를 무시하자 몸을 경직시켰다.

여성이 한 걸음 내딛었다.

먼저 나온 고등부 남자들과의 거리를 좁혔다.

"어……."

무심코 몇 명에게서 곤혹스러운 목소리가 새어 나왔다.

하지만 그것은 다음 순간 비명으로 바뀌었다.

케이코라고 불린 여성이 은색 검을 가로로 휘둘러 일섬.

남학생의 몸통이 둘로 나뉘었다. 푸른 피가 분수처럼 뿜어져 나왔다.

그렇다, 푸른 피였다.

"몬스터야!"

나는 소리치고 즉시 린 씨를 보호하는 위치에 섰다.

방금 베여 죽은 학생과 거의 동시에 나온 두 남학생이 그런 우리에게 창을 들고 돌진했지만.

"그렇게는 안 되오."

유키 선배의 판단은 신속하고 정확했다. 재빨리 날린 나이프 두 자루가 그 남자들의 부츠를 꿰뚫었다. 넘어지는 남자들.

거기로 케이코라고 불린 여성이 다가가 참격을 가했다.

두 남자는 양쪽 다 일격에 숨이 끊어졌다.

그 뒤에는 푸른 보석이 두 개씩 합계 여섯 개가 남았다.

"이건…… 어떻게 된 일인지 설명해 주시겠습니까?"

긴장한 얼굴로 린 씨가 말했다.

◆ ◆ ◆

도플갱어.

미아가 무심코 꺼냈다는 그 이름이 인간으로 의태하는 이 몬스터의 정식 명칭이 되었다.

우리에게는 게임 등을 통해 조금은 친숙한 이름이다.

케이코 씨의 제안으로 도플갱어 사냥이 시작되었다. 고등 부조와 육예관조, 모두의 팔에 나이프를 그었다. 붉은 피가 나오면 합격이다.

그 결과 고등부조에 숨어들어 있던 도플갱어 두 마리를 퇴치했다.

보다 정확히 말하자면, 구속되기 전에 도망치려다가 불가 능함을 깨닫고는 자살했다.

밀정으로서는 완벽한 대응이라고 할 수 있다. 덕분에 무 엇 하나 추가 정보는 얻지 못했다.

다행히 육예관조는 전원이 깨끗했지만.

"카즈 선배 일행이 돌아오지 않네."

사쿠라가 나직하게 말했다.

그렇다, 그로부터 아무리 기다려도 마법진은 빛나지 않 았다.

린 씨가 말하기로 사역마인 매가 죽은 것은 확실하다고 했으니…….

카즈 군 일행 다섯 명은 학교 산에 남겨지고 말았다.

적의 부유 요새와 사천왕 자가라지나가 침공하는 땅에 고립무원 상태로.

"다른 매를 학교 산으로 보내겠습니다."

린 씨가 그렇게 말한 덕분에 패닉에 빠질 뻔했던 육예관 조 아이들도 일단 안정되었다.

"괜찮아. 카즈 군 일행이니까 분명 산 뒤편으로 도망쳤을 거야. 산은 넓으니까 웬만해서는 발견되지 않아. 그동안 분명 린 씨가 구해줄 거야."

나도 적극적으로 지원사격을 했다.

실제로 오우거들이 그것을 허용할지 말지는 알 수 없다. 생존 가능성은 반반이라고 보지만…… 그런 말을 곧이곧대로 할 수는 없다.

지금이야말로 분발해야지.

나는 뺨을 두드려 기합을 넣고 린 씨에게 몸을 돌렸다.

"이 도플갱어라는 몬스터가 빛의 백성 사이에도 침투해 있을 가능성은 있나요?"

"충분히 생각할 수 있어요. 즉시 대응할게요. 죄송하지만 몇 명은 제 호위로 와주실 수 있을까요?"

"네에, 나한테 맡겨요."

케이코 씨가 손을 들었다. 그레이터 닌자. 그녀가 있으면 안심이다. 이쪽에서는 사쿠라를 내보냈다.

린 씨 일행이 나간 후, 우리는 고양이 귀 하녀의 안내를 받아 나무 위 도시 구석에 있는 나무 구멍 집으로 향했다.

일단 육예관조와 고등부조에 다른 나무 구멍을 준비해 주었다.

재빨리 발전기를 기동시켰다.

모터 소리에 하녀들이 깜짝 놀랐다.

"자…… 이로써 전기를 쓸 수 있게 됐네. 유키 선배, 앞으로의 일 말인데."

유키 선배는 인솔을 서브 리더인 슈리 씨에게 맡기고 내 옆에 멍하니 있었다.

그답지 않다. 나는 한숨을 내쉬고 그의 머리를 톡톡 두드렸다.

"미아가 걱정인 건 알지만 정신 차려요."

"웃…… 미안하오. 소생은 아직 미숙하구려……."

"나중에 케이코 씨와 둘만 있을 때, 마음껏 불안을 털어놓으면 돼요. 하지만 그때까지는 멋있게. 남자잖아요."

가볍게 그의 가슴을 두드렸다.

그렇다, 우리는 꾸물거리고 있을 틈이 없다.

"하여간에 시키 공은 듣던 것 이상으로 남자답구려."

"잠깐, 그거 누가 그랬어. 카즈 군이야? 자세히 좀 들려주겠어?"

무시무시하게 위협하자 유키 선배는 다급한 기색으로 입가를 누르고 허둥지둥 도망쳤다.

하여간에 정말…….

나는 그가 현수교 저편으로 사라지는 모습을 바라보면서

허리에 손을 대고 한숨을 내쉬었다.

"저런 식으로 사람을 놀리는 것 말고는, 모르는 거겠지."

"서투르네요."

컴퓨터를 가동하면서 스미레가 중얼거렸다.

그에 대해 잘 아네.

BOKU WA ISEKAI DE FUYOMAHOU TO SHOUKAN MAHOU WO
TENBIN NI KAKERU Vol. 6
© Tsukasa Yokotsuka 2014
All rights reserved.
Original Japanese edition published in Japan in 2014 by Futabasha Publishers Ltd., Tokyo.
Republic of Korean version published by Somy Media,Inc.
Under licence from Futabasha Publishers Ltd.

나는 이세계에서 부여마법과 소환마법을 저울질한다 6

2024년 5월 15일 1판 1쇄 발행

저　　　　자	요코츠카 츠카사
일 러 스 트	마냐코
옮 긴 이	신동민
발 행 인	유재옥
담 당 편 집	정지원

이　　　　사	조병권
출 판 본 부 장	박광운
편 집 1 팀	최서영
편 집 2 팀	정영길 조찬희 박치우 정지원
편 집 3 팀	오준영 이소의 권진영
디자인랩팀	김보라 박민솔
디지털사업팀	박상섭 김지연 윤희진
라이츠사업팀	김정미 맹미영 이윤서
영업마케팅팀	최원석 박수진 이다은
물 류 팀	허석용 백철기
경영지원팀	최정연
발 행 처	(주)소미미디어
인쇄제작처	코리아피앤피
등　　　　록	제2015-000008호
주　　　　소	서울시 마포구 토정로 222, 502호(신수동, 한국출판콘텐츠센터)
판매및마케팅	(070) 8822-2301

ISBN 979-11-384-2643-5 04830
ISBN 979-11-5710-188-7 (세트)